Au revoir, Paris.

你在左邊放了一句再見

肆一

suncolor 三采文化

總有個人再深愛，最後也只能擺在心底。

給生命中深深在乎過的人。

「能夠遇見你，真是太好了。
至今，我仍感激著這件事。」

序——

傷心只是個過渡，而不會是你的結局

失去了一些人，正巧說明了，也有再遇到另一些溫柔的人的可能，而你慢慢會好起來。我始終這樣想。

人的一生不長不短，難免會遭遇傷心，還有明明還想愛著，卻怎樣都無法繼續的人。這樣的人讓你心碎、終日黑暗，只稍一閉眼就能看見他說再見的手勢，提醒著你的失去。於是，你以為自己從此要悲傷下去了，再也不會有第二個他，因此你再也好不起來了。你很傷心，也很害怕。

可我總是認為，傷心只會是過渡，而不會是最後抵達的終點。只是過程可能會很長，甚至感覺永無止境，所以才給了你再無法痊癒的假象。這樣的時刻，不妨試著去相信，在黑暗中的自己，持續往前走，終能夠遇到光。

即使身在暗處，也不要習慣黑暗，更要相信光亮。

如同本書的女主角一樣，失去摯愛之後，意外得知了男主角隱藏的祕密，懷抱著追憶與疑惑，進而獨自踏上了原本約定好兩人一起去的旅行。在旅途中的那些地點與事物，串連起了她與男主角的愛情故事，讓她重新憶起當初相愛的美好；而在異地遇到的那些人，也幫助了她走出傷心。

知名的心理學家伊麗莎白・庫伯勒・羅斯（Dr. Elisabeth Kübler-Ross），有一個廣為人知的「悲傷五階段」（Five Stages of Grief）理論，指出一個人在失去摯愛後，對於悲傷會產生五種情緒，包含：否認、憤怒、討價還價、沮喪，以及接受。而故事裡的女主角便是在異鄉中經歷了這樣的過程，最後肯定了自己其實有好起來的能力。

出發時以為是一場追尋的旅行，沒想到後來竟是一趟與失去和解的過程。人生常常都是要出發了，才能夠察覺世界的慷慨。

雖然這本小說有個看似傷心的開場，乍看之下會誤認為是悲傷故事，可是我真正想寫的是關於「好起來」的歷程。想要寫一個因為失去愛而碎裂，但最後也因為愛而痊癒的故事。

一直以來，自己都是以書寫愛情最為大家所知，至今總共也已經出版了十二本書，其中包含了兩本小說，卻始終沒有一本是以愛情為題的長篇故事。終於，老十三是一本愛情小說了，之前答應了要給大家一本的，一直都惦記著，現在終於實現了。

這本書也是我花了最多時間修改的一本，從初稿到定稿，歷經了兩次大幅度的修改，雖然基本劇情沒有更動，但敘事方式卻做了大程度調整與情節強化；甚至就連最後的書名，也是迄今所有書中發想最多、討論最久後，才拍板定案的。寫了多本愛情散文的我，覺得愛情小說最為困難，謝謝過程中出版社同仁給了我很棒的建議與耐心。更謝謝一直支持著我的大家，希望你們會喜歡這本書，以及其想傳達的意涵，並能從中感受到一點點的慰藉。

相愛是一趟旅程，告別深愛也是。不感謝那些失去，但謝謝能夠遇見。試著收下離去的人所交付的好。若告別了，再不捨、再不甘、再不忍，就算惦記著也好，都別忘了，離開時請記得帶著自己上路，各自幸福。

最後，請試著去相信，所有的傷心都只是過渡，而不會是自己的結局。去緩慢地拾起，自己仍是有愛人與被愛的能力。

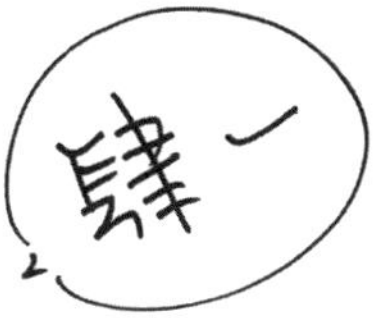

CONTENTS

Day 1 · Day 2

別過頭的飛行

日期：1/6、1/7

行程：台灣→巴黎、

花神咖啡館

日常是小偷，一個不留意就偷走了時間；
用一個未知換取一些過去，就像是一種祕密交換。
否認，像是一句不靈驗的咒語，
虛假的魔法，永遠無法實現願望。

二十八天前，十二月九日，季永不在了。
他是我的男朋友。

喀噠～～喀噠～～
不，正確應該說是「前男友」。因為已經不是現在進行式了。人不在了，他已經不在了，這樣怎麼能算是男朋友呢？

想到這兒，洪葆蒔忍不住苦笑了出來，因為太久沒說話了，喉嚨顯得乾涸。

他只是去了一趟沒有歸期的遠行。

不在了、消失了、沒有蹤影了……其實都沒有差別，因此葆蒔會把季永想成「他只是遠行而已，而不是抵達終點」。她寧願這樣想。

謊言加上時間之後，就成了像是有幾分真實性的存在。

因此不管是對誰、什麼地點，她總是重複執拗地說著：「季永不在了！」她無法說出更多更接近死亡的字眼，即使在他的告別式上也是。她不敢直視逝去，只能別開臉。

告別式？究竟是告別了什麼？葆蒔覺得自己內心的一部分也跟著剝離了。

「季永不在了。」這句話像是一句不靈驗的咒語。

喀噠～～喀噠～～

窗外風景如電影畫面般飛速而過。

此時她正坐在大區快鐵RER火車上，從戴高樂機場前往巴黎市中心。火車疾行在軌道上的規律聲響，提醒著她這趟原本該是雙人的旅程，只剩她一個人在路上。

搭乘深夜十點的飛機從台灣到法國，加上時差之後，落地時是隔天中午的十二點鐘，等到出關拿到行李已經一點多了，接著還需要再搭約一個小時的車才會抵達民宿。

天黑出發，天亮抵達，小時候母親總是跟她說：「再煩惱的事，只要睡一覺醒來就沒事了。」可是自從季永不在了之後，她已經分不太清楚日與夜的差別，它們都是時間運行的方式，但意義也僅此而已。

天亮、天黑，不過是詞彙上的差別。

日子是一場不會醒來的惡夢。

「真是漫長的路途。」葆蒔在心裡默想著，手中緊握著從台灣帶來的藍色平安符，但其實心情並沒有真的感到疲倦，甚至可以說是平靜。

這一個月內，她的情緒彷彿是裝在罐子裡的液體，被打翻後傾倒而出，現在的她覺得心裡只剩下空蕩蕩的回音，什麼都沒有。

她已經忘了是如何得以撐到今天。甚至也忘了自己是如何身處在巴黎。

喀噠～～喀噠～～

「還有二十分鐘才到夏特雷—大堂站（Châtelet—Les Halles）。」葆蒔看了時間，再把視線擺回窗外的風景上。

外面已經是冬天的景致了，路旁樹枝是一片光禿禿，黃色的土地覆蓋上了一層薄薄的綠色，像起司上頭撒上了抹茶細粉一樣，而非盛夏的一片綠油油。

民宿位於民族廣場站（Nation），需要先搭乘RER至夏特雷—大堂站後，再轉地鐵黃色一號線，才能抵達季永預定下榻的民宿。

真是漫長的路途，葆蒔又瞄了一眼手裡握著的那抹藍色。

賈欣絲。

突然，這個名字閃進了葆蒔的腦海，她的心裡終於微微起了波動。

兩週前，季永的告別式才剛結束，辦得很快，距離他不在後才十來天的時間，但這是季永的意思，希望越快越好。

那段時間，葆蒔一下班就去靈堂上香、誦經，鼻腔縈繞著線香特有的氣味，待上一陣子再回家，周遭的人都貼心地默默照應著她，葆蒔知道這件事。

她沒有在靈堂前哭過一次，更正確地說，季永不在後她就沒有再掉過一次眼淚。聽說眼淚會讓往生者心生掛念、離不開、在原地徘徊，所以每次感到鼻酸時，葆蒔就出去透透氣。好幾次都在外頭碰到季永的媽媽。

告別式結束後，季永的死黨蔡子浩拉住了穿著一身黑衣的她，說是有東西要給她。

「平安符？特地去幫我求的？」

子浩遞上了一個牛皮小紙袋，打開後一看，是只細緻藍色的長型布織平安符，正面用金色的絲線繡著菱形幾何圖案與「艋舺龍山寺」五個字，背面則是大大的「平安」二字。

「我有拿去主爐順時鐘繞了三圈哦。」子浩微微笑著說。

「謝謝你。」沒有出國前的興奮雀躍，也沒有拿到禮物的欣喜，葆蒔只是勉強揚起嘴角點了點頭致謝。

「當初季永去巴黎讀書時，我也求了一個給他，一模一樣的。結果他不僅平安無事，還順利在兩年內畢業回來，可見很有效。」子浩故作輕鬆。

「其實，對於去巴黎這件事，我還有點猶豫，」葆蒔輕聲說著，語氣充滿不確定：「因為季永他，他不在了……」

「我還以為你一定會去，你不是也答應他會去嗎？」

葆蒔只是低著頭，手指用力擰著平安符。

「畢竟那是季永特別為你們安排的旅行……但沒關係啦，你收著，搞不好最後還是決定要去啊。」

「很謝謝你。」葆蒔仔細將平安符收在手提包裡。

「不會、不會，小事。」子浩揮了揮手，過了半晌又緩緩開口，語氣顯然比剛剛更小心翼翼：「對了，那個……」

「嗯？什麼事？」

「那個，你有聽季永提起過一個叫『Jacinthe』的女生嗎？」

「Ja——cin——the……？」葆蒔緩緩跟著念了一次發音，是法文沒錯，但她對這個名字並沒有印象。

葆蒔用腦子裡殘存的法語拼湊出這個單字的意思：「風信子？」在某一次以花名為主的社團活動中，介紹過這個單字。

「對，可以當名字使用，中文念起來就是『賈欣絲』，也是『風信子』的意思沒錯啦。」

「我沒聽季永提起過這個名字，她怎麼了嗎？」葆蒔突然感到自己的心臟速度加快，隱隱覺得有什麼事即將發生。

「沒什麼啦，只是小事，當我沒問好了。」子浩再一次揮揮手。

「沒關係，你可以說，現在已經沒有什麼是不能說的了。」

「那個……聽說，她是季永在巴黎喜歡過的女生。」

季永藏有祕密?!

「聽誰說的？」雖然已有預感，但實際聽到後葆蒔心跳仍是漏了一拍。

「就……就是季永啦。」子浩像是做錯事的小孩般，說話吞吞吐吐。

「季永自己說的？」葆蒔有點驚訝。

「嗯。但也不算啦，其實是閒聊時提到的而已。」子浩用力點了點頭，接著又解釋道：「不過也不是什麼重要的事，就當我沒問過好了。」

「什麼時候說的？回台灣後嗎？」葆蒔沒有放棄，緊抓著詢問。

「啊，不是、不是，你不要誤會。」發現葆蒔的疑慮後，子浩趕緊揮了揮手解釋：「是他還在巴黎的時候，曾不經意提到他喜歡一個女孩子，想要寫信向她告白。」

「寫信……？」葆蒔皺了皺眉。

「大概是寫信比較容易完整的傳達意思吧，畢竟季永不是法國人，個性也比較謹慎。」子浩曾經跟葆蒔有同樣的疑惑，這是他最後得出的結論。

「嗯。」法國女生，葆蒔點點頭認同，隨即又反問子浩：「但為什麼突然提起她？」

「我原本只是覺得，你剛好也要去巴黎了，不知道應不應該告訴她這件事？」

「關她什麼事！」無預警地，葆蒔壓抑不住情緒，衝出了這句話。

子浩被葆蒔突如其來的情緒反應嚇了一跳。

「為什麼我要找她？為什麼要告訴她？」葆蒔滿臉漲紅。

「我只是問問，你不要生氣……」子浩連忙和緩氣氛：「其實也不是那麼重要的事啦，你不要不開心。」

「她又不是他的誰！」

「我不是那個意思……」

「季永是我的！」葆蒔的聲量突然加大。

「他們搞不好根本沒有在一起啊……」子浩被葆蒔突如其來的情緒嚇了一跳，趕緊補充。

聽到這句話，葆蒔終於慢慢冷靜了下來。

「你知道她的聯絡方式嗎？」過了好半晌，她才又緩緩開口。

「嗯？不知道。」子浩說：「只知道她的名字，連姓都不知道，所以才想問問你……只是沒想到你也不清楚。」

季永對自己藏有祕密嗎？葆蒔忍不住這樣想。

「不過……我知道她是長髮，好像跟季永讀同一所學校。我猜可能是同學吧。」

「還有呢？」葆蒔繼續問，她伸手摸了摸自己的短髮，自從畢業後她就維持這樣的及肩長度直到現在。原來季永喜歡長髮的女生，他從來沒跟自己說過。

早知道應該再把頭髮留長的。

「沒有了。」子浩洩氣地垂下肩膀。

「如果有去的話，我會試著找她看看。」葆蒔點點頭承諾。

「但不要勉強，還是好好玩吧。」子浩說：「巴黎耶，一定超美的，常聽季永說。」

季永的祕密……

想起那天的對話，葆蒔又握緊一次手掌裡的平安符。

喀噠～～喀噠～～

列車繼續行駛著，幾棟四層樓的房舍錯落在田野上，不是印象中的那種古典樣式，而是新式的方形建築，只是外觀陳舊了。這裡的風景很不巴黎，沒有雄偉華麗的建築，更沒有一絲浪漫奢華的氛圍。

原本夏天銳利的光線已經收斂了起來，空氣色調也從秋天的暖色滲入了一點點青色，鼻子嗅到的氣味多了些許清新。

若換個時機，她會喜歡這樣的天氣。若季永還在的話，她一定會喜歡這個季節；若此刻季永站在她的右邊的話，她一定沒有心思胡思亂想，他會在旁邊吱吱喳喳說著只有他才聽得懂的冷笑話，然後逕自笑個不停。

若季永還在，她就不會獨自踏上這趟旅程了。越靠近巴黎市中心，葆蒔益發想念著他。

巴黎，季永最愛的城市。

季永曾經在這座城市生活了兩年，攻讀巴黎貝勒建築學院碩士。那是在他們交往之前的事，是葆蒔幾乎沒有參與過的部分。

那兩年的時間，在他們之間留了一個長長的空白格，葆蒔不知道關於那段時間的一切，季永過著怎樣的生活？做了什麼事？還有，那位有著「風信子」之名的女孩。她以為自己已經很懂季永了，卻發現並不然。

季永是她的大學學長，當葆蒔還是大一新生時，季永已經大三。不過兩人並不是同一個科系，她就讀的是「中文系」，而季永則是「建築系」，會認識純粹是因為葆蒔參加了法語社。

「我的名字叫『洪葆蒔』，文學系一年級。大家可以叫我的法文名字『Bao』就好。」在社團入社第一天時，葆蒔這樣自我介紹著。

「紅寶石？是戒指還是耳環啊？」突然底下有人開起玩笑。

「不、不，不是寶石，是草字頭的『葆莳』……」

「以後就叫你紅寶石好啦。」

「那個，我覺得還是叫我 Bao 好了……」葆莳試圖想要解釋，但成效不彰。

「紅寶石其實滿好聽，聽起來很有氣質，很適合你。」出現另外一個男聲。

紅寶石這個名字才一點都沒有氣質。葆莳這樣想，轉頭一看，發現出聲的是一直站在講台旁的戴著黑框眼鏡、膚色蒼白，充滿文青氣息的男生。

葆莳白眼快翻到天邊去。在法語社卻不使用法文名字實在太詭異了，簡直是莫名其妙。

於是從第一次社團活動起，她在法語社就被稱作了「紅寶石」，無論她怎麼糾正都起不了作用。再後來因為她剛好是社團裡年紀最小的，所以被簡稱為「小紅洪」，加上了同讀音的她的姓。日後，葆莳都會用這個稱號來辨識是哪個時期所認識的朋友。

「葆蒔……對吧？」在社團自我介紹結束後，剛才那位有著文青氣息的男生特地跑來找她。

「對，Bao。」擔心又跟紅寶石這個綽號畫上等號，葆蒔特地再強調了一次自己的法文名。

「我叫闕季永，法文名字是 Guillaume，是法語社社長。」季永先自我介紹著，接著又說：「剛剛你不要介意哦，Sartre 只是愛鬧，沒有惡意。」

「沙特？」

「對，蔡子浩，這是他的法文名字。」

「沙特，跟西蒙·波娃的情人同一個名字？」沒想到竟然跟存在主義大師取了一樣的名字，真是不搭。

「西蒙·波娃是誰？」

「你不知道？」葆蒔睜大眼：「她是法國著名的哲學家。」

「抱歉……」季永搖了搖頭。

「沒關係、沒關係，也不是非知道不可。」葆蒔趕緊揮了揮手。這是她第一次真正跟季永說話，第一次聊到西蒙．波娃。

到了隔週的社團活動時，季永特地跑過來跟她說，他上網稍微研究了西蒙．波娃，原來她除了沙特之外，還有另一個叫亞岡的情人。

「好酷。」當時季永這樣評論。

季永的一句「好酷」，讓葆蒔對他產生了好感。

「你知道在巴黎有家『花神咖啡館』嗎？」

「我知道、我知道，」葆蒔興奮地點了點頭：「是西蒙．波娃生前常去的地方，對吧？對吧？」

「對，就是那裡。很漂亮的一家咖啡館。」

「怎麼個漂亮法？」

「二樓的陽台種滿了成排的花卉，就像是房子繞上了一圈綠色圍巾一樣，如其名『花神』。」

「好棒喔。」葆蒔一臉的羨慕：「真想去。」

「有機會一定要去，當作朝聖也無不可。」

「光想就好夢幻。」

然而雖然隸屬同一個社團，但當時兩人的交集並不多，對話也停留在法語的交流上頭。那時葆蒔就知道因為扁平足而不需當兵的季永，預計一畢業後要到法國進修研究所，這也是他參加法語社的原因。

對此葆蒔深感佩服，她從來都不是有計畫的人，學法語也只是因為喜歡法語的軟噥語調，還有西蒙·波娃是自己最喜歡的作家之一罷了。

大二那年，她交了男朋友，變得比較少去社團，因此原本就半吊子的法語，最後只剩下基本日常會話與少數一些單字，片語、文法統統都忘得一乾二淨。

但每次只要去社團，都會見到季永的身影，他彷彿是法語社的象徵。不過日後隨著季永畢業卸下社長職務，葆蒔也跟著退出了法語社，同時一併告別了「小紅洪」這個稱號。

噔——

「嗨，晚安。」

大三開學的第一天，葆蒔的通訊軟體突然跳出一則陌生人的訊息，點開對方大頭照，是一幅深藍色的星空畫作，沒有臉。

騷擾訊息？

葆蒔直覺這樣認為，正打算按下封鎖鍵時，對方傳了來一張相片，一個眼熟的男子站在夜晚艾菲爾鐵塔前。

是季永學長?!他真的去了巴黎讀書了！葆蒔驚喜不已。

「不好意思，冒昧跟其他人要了你的通訊資料，希望沒有打擾到你。」

「不會、不會，學長找我有什麼事呢？」

「想要給你這個。」季永敲出這幾個字，隨即又傳來一張相片。

相片看似在一間咖啡廳所拍攝，整個空間被原木色調所包圍，牆面是，就連椅子與小方桌面都是。

「這是……？」葆蒔一頭霧水。

「這裡是花神咖啡館的二樓。」

「啊！」葆蒔輕聲叫了出來，著迷地看著相片。

「我上網查了資料，據說西蒙．波娃與沙特都是相約在二樓見面。」

「怎麼樣、怎麼樣？是不是真的很棒？」

「巴黎的咖啡館都很棒。」

「太開心了，好像作夢一樣，謝謝學長。」葆蒔放大相片仔細端詳著，彷彿也神遊在裡面似的。

「我有時候也會有這種感覺，想到自己竟然生活在這座城市，覺得好不可思議。」

「羨慕死啦！」葆蒔眼睛依舊緊盯著相片，看著、看著，突然瞥見了桌上的咖啡有點奇異：「咖啡裡怎麼會有檸檬片？是法國口味嗎？」

「這不是咖啡啦，是 Vin Chaud。」

「熱酒？」葆蒔用腦子裡僅有的法文單字拼湊出。

「對，熱紅酒。是法國咖啡館常有的飲品，因為這裡冬天實在太冷了，所以我也養成習慣會點一杯來暖暖身體。」

「熱的酒，好特別喔！」

「我也是來巴黎才第一次喝到。不過要趁熱喝，不熱的紅酒就不是熱紅酒了。」

「好奇妙的感覺。」

「有機會歡迎來巴黎玩，我帶你到花神咖啡館喝熱紅酒和咖啡。」

「說不定你現在所坐的位置，西蒙．波娃也曾坐過，光想就好棒喔。真想去巴黎。」

「光是在這座城市就讓人覺得幸福。」

之後的日子，不定時季永會傳來幾張他口中幸福的巴黎相片，可能是一片天空、某個不知名的角落，他們會閒聊幾句最近的生活，但除此之外沒有產生更多交集。他們只是學長與學妹、社長與社員，再沒有更多，找不到需要特別聯繫的必要。

直至季永從法國完成學業後，法語社社員要歡迎他歸國，因此辦了聚會，也邀請她參加。隔了兩年，他們才又見到了面。

那時她大學畢業沒多久，剛把留了多年的長髮給剪掉，準備以俐落的姿態投入職場。

歡迎會在一家台菜餐廳，因為季永太想念台灣的料理了。餐廳隱身在東區巷弄內，小小的鐵鑄招牌釘在牆上，店名「十一巷」三個字以鏤空方式由裡頭打著光透出，極不顯眼，不注意就會錯過。

餐廳內空間不大，總共不到十張餐桌，四周的牆壁都漆上了灰藍青色，帶點綠的藍，上頭則掛上了幾幅復古畫作，很有氣質；圓形原木桌上方則是一盞垂吊式的燈，直直地照耀著，桌面上一盆花都沒有，乾淨無比。

因為餐廳內桌次不多，葆蒔一進門就認出了子浩，緊接著也看到了坐在他身旁的季永。

葆蒔第一眼沒有認出他來。當然兩年的時間會讓人成熟一點，但他把頭髮剪短，膚色也比以前黝黑健康，還拿掉了眼鏡，想必是戴了隱形眼鏡。拿下擋住半張臉的黑框眼鏡，頓時像是換了一張臉似的。

「抱歉，來晚了。」葆蒔連忙向大家道歉，趕緊找了空位坐下。

「不會，沒關係的。你頭髮剪短了？」同樣地，季永也第一眼就發現她外型上的變化。

「對啊，想說畢業了乾脆就換個形象進入職場，不想讓別人覺得嬌弱。也剛好是夏天，比較涼爽。」葆蒔邊說邊害羞地抓了一下頭髮。

「很好看，很適合你。」季永讚許地點了點頭，接著又說：「我有從巴黎帶小禮物要送你喔。」

「啊，但我沒有準備東西送你……」

「小東西而已，沒關係。」說著就從背包裡拿出一只薄薄的牛皮紙袋。

「謝謝學長。」葆蒔接過紙袋：「是什麼？我可以打開來看嗎？」

「當然，送你，就是你的了。」

葆蒔小心翼翼撕開折口處的貼紙，先摸到皮革的觸感：「紅寶石？啊，是員工識別證套。」是一個寶石造型，正面印有紅寶石切割面圖案的證件夾。

「一看到它，馬上就想到了你，」季永笑著說：「因為想到你要準備踏入職場，應該用得到。」

「謝謝學長，我很需要。」葆蒔用力點了點頭，接著吞吞吐吐了起來：「不過……」

「怎麼了？不喜歡嗎？」

「不是、不是，很喜歡。只是，其實早就沒有人叫我紅寶石了啦。」葆蒔笑了出來。

「啊，抱歉、抱歉，我都忘記那已經是兩年前的綽號了。」季永臉一下就漲紅：「那怎麼辦？啊，不然你轉送人好了，沒關係。」
「怎麼可以送人，不叫紅寶石也可以用啊。」
「那就好，」季永搔了搔頭：「那現在大家都叫你什麼？」
「就『葆蒔』，沒有其他。」
「好，葆蒔你好，初次見面，還請多多指教。」季永故意伸出右手，示意要握手。
「以後也麻煩多多照顧。」葆蒔也不客氣地回禮握上右手。
當晚兩個人聊得很愉快，就是在那個時候，葆蒔知道了季永原來在巴黎就讀的是「巴黎貝勒建築學院」這所名校，葆蒔再次感到佩服。
「學長，你太厲害了，巴黎貝勒建築學院耶！」
「運氣好啦。」
「那……你跟西蒙．波娃熟嗎？」
「哈，」季永意會過來笑出了聲：「我是常跟她見面聊天啦。」

季永還記得這是葆蒔最喜歡的作家。兩年改變了一些事，但也保留了一些。

「那麻煩你幫我轉告她，說我愛她。」葆蒔眼睛眨了眨。

「沒問題，包在我身上。」季永笑著附和，接著又問：「那你呢？這兩年過得如何？」

「普普通通，現在正忙著找工作。」葆蒔夾起筍絲到碗裡，趁季永說話時扒了兩口，她餓死了。

「準備找什麼工作？」

「優先想去出版社上班，試看看編輯，畢竟是中文系，也算是學以致用。」

「或許還可以編到西蒙．波娃的書。」

「能夠與書為伍，還能編到自己喜歡的作家的書，那就真的是太幸運了。」

這句話讓葆蒔眼睛亮了起來。

「那其他呢……男友呢？還順利嗎？」

「男友？哦，你說小至啊，年初就分手啦。」葆蒔口氣一派輕鬆。

「什麼？怎麼會？那你還好嗎？」這個消息讓季永嚇了一跳。

「好得很，你沒看我現在食慾很好嗎？」葆蒔說完自己都笑了。

「嗯。」季永點點頭，禮貌地不再多問。

當時葆蒔原以為再過半個月就會跟這所學校自此告別了，之後會再提起學校大概是填履歷表上的資料而已，只是一個標記，但沒想到卻以另一種方式延續了下去。

這場慶祝季永回來的聚會，成了他們的邱比特。

幾個月後，在某個氣溫開始轉涼的天候，兩個人的關係從朋友成為了情侶，人稱從「你我」變成了「我們」。

啊，當時也是十二月，跟季永過世的月分一樣。她跟季永整整交往了兩年的時光。

日常是小偷，一個不留意就偷走了時間。

以前總是聽別人說，年紀越大，時間計算的方式也會跟著不一樣，在大學時，總覺得一個月很久，但現在，一年卻一轉眼就到了。

⁂

喀噠～～喀噠～～

車窗外的風景漸漸由郊區工業感轉換成了歐式古典建築與熱鬧街道，突然黑壓壓的一片，列車從地上駛入了地下，應該快要抵達市區了吧。葆蒔才這樣想而已，沒多久就傳來了廣播的聲音，夏特雷—大堂站到了。

夏特雷—大堂站是近郊鐵路與地鐵的交會大站之一，共有五條地鐵與三條近鐵交會。葆蒔一步出車廂立即被眼前洶湧的人潮給嚇到，視線所及是各式各樣的人種面孔與陌生文字，耳朵傳來不甚熟悉的語言，還有空氣裡不流動的氣味，強烈的異國感一次襲來，原本平靜的心情，終於開始緊張了起來。

「我真的在巴黎了啊。」到了此時，葆蒔才有了人在巴黎的真實感。

超過一百年歷史的巴黎地鐵，昏暗的光線、斑剝的牆面、像是沒有盡頭的長長通道，多數的站內別說是電梯，常常連電扶梯都沒有，葆蒔只能使勁拉著行李上下樓梯。

行李箱的輪子與水泥地板磨擦發出「喀喀喀」的聲響在通道裡迴盪著，然而沒有人在意這樣的噪音，大家都行色匆匆地往前方走。地鐵內，絲毫沒有一點想像中法國人的閒適優雅。

葆蒔提醒自己集中注意力，循著指示在迷宮似的地鐵站找到了一號線月台，「巴黎地鐵原理基本上跟台北一樣，每條線都有兩個方向，是以該方向終點地鐵站為名字。」季永曾經這樣跟她解釋：「只不過月台設計常常是位在兩側，中間是地鐵軌道。」

葆蒔刻意挑了人少的區域靠邊站著。月台稱不上明亮，但由於鐵軌在中央的月台設計，所以能輕易看到對面往另一個方向的乘客，或站或坐、或看著手機或聊天，其中也有人跟自己一樣是眼神直視著前方，沒有明確的焦距。

只要是列車入站，伴隨著轟隆轟隆的聲音與一扇又一扇的窗戶，有點像是膠卷的格數在播放，彷彿置身電影畫面的錯覺。

當時，季永是不是也時常搭著這樣的地鐵呢？

列車來了，車廂同樣是老舊，並不是全自動化，上下車需要乘客自行按開門鈕或是轉把手，門才會開啟。葆蒔選了車廂內中央處較為空曠的位置站著，車廂內有著厚重的金屬風，車體與欄杆都是銀色光亮的鋼鐵直接暴露著，門口上方的電子儀表顯示著這整條路線，閃爍的位置就是抵達的站名。

我真的在巴黎了，葆蒔恍恍惚惚地想。

喀噠～～喀噠～～

民族廣場站要在第五站下車，不消十五分的時間就到了。

同樣尋不著電梯，葆蒔只能再次拉著行李踩上階梯，一踏出地鐵，隨即被冷空氣給包圍，方才車內的溫暖一下便消失殆盡，圍巾大衣終於派上用場了。看了手機上的氣溫，上頭標示著：九度。

「才下午三點就這麼冷了。」葆蒔扣緊身上外套。

葆蒔從手提包裡拿出一張皺巴巴的地圖，這張地圖是季永為她所特製，雖然是手繪，卻精準地描繪出民宿的位置，地圖上面一行字寫著：出了地鐵後左轉，過一個路口後再右轉，再沿著狄德羅大道（Boulevard Diderot）走，左側第八棟房子就是民宿。

「大概五分鐘就到了。」葆蒔耳邊響起季永當時叮嚀的話。

「我特地為你畫了這個哦。」

去年十月的某天，躺在病床上的季永用他日益蒼白的笑容遞上了一張紙，正因為笑容太過燦爛了，反而有種褪色的感覺。

「給我這個幹嘛？」葆蒔接過，是一張手繪地圖。

「民宿離地鐵大概五分鐘就到了。」

「我又用不到。」葆蒔作勢遞回。

「雖然是手繪，但我建築系可不是讀假的，畫得超精美，是我很滿意的作品。」季永露出得意的表情。

「你要帶我去，我幹嘛要看地圖？你就是我的指南針啊。」

「葆蒔，我們都知道……」

「以後再去巴黎吧。」不等季永把話說完，葆蒔急急插話道。

「你這麼害怕一個人去啊？」季永恢復蒼白的微笑糗她。

「才不是咧，一個人去多無聊。」

「巴黎不是會讓人無聊的地方。」

沒有你就會。葆蒔沒說出這句話。

「又不急！等你先康復再說，現在好好養病比較重要。反正冬天的巴黎永遠都會在，今年不行，還有明年，明年錯過，還有後年。」

來日方長，季永會痊癒，時間可以等。

「即使只有一個人，你也要去巴黎。」沉默幾秒後，季永這樣說。

「不會有那種狀況！不會有什麼一個人的狀況發生，絕對不會有。」葆蒔語氣壓抑：「為什麼我要替不會發生的事做準備？」

「葆蒔……」

「憑什麼命令我？我說不去就是不去！」葆蒔眼眶莫名紅了。

「我沒有命令你，因為這是我們兩個人的願望，也規畫了很久的旅行……」

「就因為是兩個人的願望，我才想要兩個人一起去啊。」葆蒔像是用盡力氣般揉爛了手中的地圖丟到牆角，喊叫出聲：「為什麼我非得自己去巴黎不可！我想等你出院後再一起去不行嗎？你會好起來的……」

「因為我想讓你看看我最愛的那座城市，和我最愛的冬天。」季永的眼神真摯。

葆蒔不喜歡這句話，哭泣了起來。

「我會等你好起來再一起去，嗚……嗚……」

季永輕輕擁著哭泣的葆蒔，一句話也沒多說。那天之後，他再也沒有提過巴黎的事情。

而之後，也沒有機會再提起。

十二月九日，季永不在了，一切又回到了原來的日常。

上班、下班、吃飯、睡覺……跑醫院的日子還了回去，不過葆蒔就連自己的表情也都丟失了，她不知道怎麼笑，也遺忘了該怎麼哭。

她曾以為告別式將會是一個句點，是結束一切的示意，但隔天在床上醒來時，濃厚的悲傷情緒仍瀰漫著整個空間，她才發現原來不過是一個逗點，句子跟句子之間的連結符號，一切仍未完待續，思念還有待收拾。

生活繼續，只是不像是活著。

葆蒔以為往後的日子再也不會有什麼發生了，一如她的心情。可是就在告別式結束的兩天之後，她收到了一封掛號信，寄件者署名是季永。

葆蒔心跳加速。

她急急地拆開，發現裡面是那張兩個月前被她揉爛丟棄的地圖，同時還附了張卡片寫著：

民宿離地鐵大概五分鐘就到了。

耶誕快樂。

季永

看著季永的筆跡，葆蒔忍不住一陣鼻酸。這是季永給自己的耶誕禮物。

因為這封信，她此刻身在巴黎了。

民族廣場站很開闊，雖然站名裡有「廣場」兩個字，但其實比較像是一處圓環，中央佇立著青銅雕像與圓形花圃，然後再以它為中心呈放射狀延伸出去，路旁有成排的樹蔭，當然現在枝頭上是一片冷清。

此處位於巴黎的第十一區，是幾乎沒有旅客會造訪的住宅區，距離最近的知名景點是三站之外的「巴士底廣場」。

放眼望去幾乎都是三至六層樓高的歐式老房子，淺米白色的石牆外觀在陽光下閃耀光芒，成排的長型窗戶前有小小的鑄鐵窗台，窗戶間則是巴洛克式雕花，彎曲而華麗，最頂處則是由青灰色瓦片鋪蓋的斜屋頂，一角還有台灣見不到的煙囪。

街道幾個巷弄轉角處開著咖啡店，紅色或黑色的帳棚延伸到騎樓，下頭擺放著成排桌椅，很巴黎的味道。

整趟巴黎的行程都是季永安排的，原本葆蒔是抱持著跟團的心情到巴黎，放鬆地跟著走就對了。就因為太安心的緣故，所以葆蒔始終沒有仔細看過行程表，直到上飛機後因為無法入睡，終於翻閱了一下，當作是惡補。

只是在狹小的機上座位攤開季永所規畫的行程與資料時，葆蒔當下才發現，原來自己潛意識裡是抗拒這趟旅行，所以一直刻意不去翻閱相關的資訊。

因為，這是屬於她跟季永的旅行，如果開始了，就意味著也要結束了。更意味著，自己與季永最後的牽連要斷了。是真的要跟季永說再見了。

不，季永只是不在了而已。

啪！

正當她沉浸在思緒當中時，身體突然感受到一陣劇烈的撞擊，向前踉蹌了幾步，一個黑影閃過——手提包——葆蒔感覺到肩上一陣輕盈，立刻意識到自己被搶了。

「小偷！」葆蒔大喊出聲，是個白人男子。

「幫我攔住他！」路上行人稀少，沒有人回應她的喊叫，她只能拖著沉重的行李死命地往前追，喀喀喀～～

「不要跑！」眼見對方身影越來越遠，葆蒔努力想要加快腳步……

喀喀喀～～

行李箱輪子在石板路上磨擦出刺耳的聲響，她氣喘吁吁地跑著。

啪達！

一個不留意，輪子卡在凹凸不平的路面縫隙裡，葆蒔被反作用力給拉倒，整個人狼狽地呆坐在地上。

人影消失不見了，望著眼前的畫面，葆蒔愣愣地坐在原地，一滴眼淚都沒有掉，像是石化的雕像。

「Tu vas bien?」不知道過了多久，一旁終於有人提出慰問。

葆蒔這才回過神，她低下頭看，自己除了手提包不見外，沒什麼大礙。手提包裡沒什麼貴重物品，幾乎都是旅行的資料而已，最珍貴的是那只別在提帶上季永送給她的第一個禮物：紅寶石證件套。

剛抵達就遇到了倒楣事。葆蒔不禁懷疑這趟巴黎之行是否太衝動了。起身時葆蒔發現，自己的手掌始終都緊握著，指關節因為用力而泛白。攤開手掌心一看，裡頭是那張皺巴巴的地圖與藍色的護身符。

葆蒔暗自慶幸，幸好它們還在。

重新花了一些時間，才找到了狄德羅大道的位置，葆蒔抬頭再次確認了路口牆面上方的路牌，往前直走不到幾分鐘的時間，終於抵達了民宿——巴黎十一。

同樣是一棟五層樓的房屋，同樣的淺色石牆外觀，靠近看得到石頭的細微紋路，行道樹的影子投射在牆面上，猛一看像張正在哭泣的臉。一樓大門是厚重的兩扇式木門，門把是金銅圓形把手款式，沒有窗戶，看不到裡面的擺設。

葆蒔看著門牌，在五樓的位置找到了「Paris 11」的文字。

後來才得知，之所以取名叫做「巴黎十一」，是因為地點就位在十一區。念出民宿的名字時，葆蒔也才意識到，兩年多前和季永再次重逢的餐廳名稱同樣有「十一」。

「Bonjour……」按了電鈴，葆蒔喊道。

「Bonjour!」沒幾秒的時間，裡頭傳來一個女生的聲音。

「Je suis……」猶豫了幾秒，葆蒔還是決定講中文：「你好，我是房客。」

「你好，」對講機傳來了中文回應，葆蒔鬆一口氣，對方繼續說：「請上來五樓吧。」隨即開了大門。

葆蒔推開厚重的大門，裡頭右手邊有一排信箱、左手邊是樓梯，而正對著大門則是電梯。「幸好有電梯。」葆蒔心想，總算不用再拖著行李箱上樓梯了。

電梯移動時，發出了喀隆聲響，像是吃力的老先生。電梯很小，最多足夠四個人站立，看得出來是後來才增建的空間。

上了五樓後，左右各有一戶人家，但左手邊的那戶大門半掩著，才正要推開門而已，突然門被拉開，一位年紀約二十歲的女生探出頭來。

齊阿姨……?!葆蒔原本預期會看到是季永口中的和藹婦人，沒想到竟是一張年輕的臉孔。

「你好，應該是葆蒔吧……」年輕女生臉上堆滿笑容，接著突然發出一陣驚呼：「啊，你的臉怎麼了？」

「我的臉？」葆蒔下意識趕緊用手掌抹了抹臉。

年輕女生發現葆蒔臉上有一些新生成的輕微擦傷，立刻明白發生了什麼事：「巴黎治安沒那麼好，你快進來，我幫你上些藥。」

「麻煩了。」葆蒔點點頭示意，一踏進屋內隨即被溫暖的空氣給包圍住，身體暖和了起來。

「我是鍾筱遙，叫我『筱遙』就好。我是來幫忙齊阿姨的，請多多指教。」筱遙邊說邊拉著葆蒔坐下，並從抽屜裡拿出藥箱。

一陣辛辣的刺痛襲來，葆蒔輕顫了一下，趕緊恢復鎮定：「齊阿姨呢？」

「她剛好有事外出了。」

「真不巧，沒碰到她。」葆蒔深深覺得可惜，她原本想藉機問問齊阿姨關於季永的事。

「放心，她每天都會過來，今天沒遇到，明天也會哦。」筱遙溫柔地對葆蒔微笑：「齊阿姨有特地交代，要我多照顧你。還有哪邊有受傷嗎？」筱遙在傷口貼上OK繃，叮嚀了幾句安全事項。

葆蒔搖了搖頭。

「需要幫你報警嗎？錢跟護照有不見嗎？」

「不用了，只有丟掉一些巴黎的資料而已，沒關係。」最重要的只有那個紅寶石證件套，葆蒔有點傷心。

「真是萬幸。」

葆蒔環顧客廳，四面牆都漆著橄欖綠色的牆面，在冬天看來格外溫暖，掛著幾幅黑白的巴黎街景影攝影作品；門口旁則停放兩輛單車：一黑一紅，顏色已經褪色，想必買了好幾年了；靠近馬路的一側是幾扇長型的窗戶，窗戶前放著一張方型大桌，上頭擺了一盆水果與幾本旅遊書，旁邊則有著一片大書櫃。

「這是客廳，那張大桌子就是吃早餐的地方，單車也可以使用哦，只要先知會一下就可以。」彷彿知道了葆莳的心思，筱遙突然這樣說。

葆莳點了點頭。

「我帶你去房間吧。」

行李並不重，葆莳堅持自己拉著就好。

「齊阿姨特別幫你留了最裡面的房間。」筱遙邊說邊領著葆莳前進。

聽著筱遙的介紹，葆莳才看到了巴黎十一區內部的全貌，這是一間典型的公寓，入門處就是客廳，右手邊有三面臨近馬路的大窗戶，而面對著窗的則有一條小通道，分別有三間房間，都在同一側，最裡頭有一間廚房，廚房旁邊是浴室和廁所。筱遙說雖然冬天不是熱門的旅遊季節，但三間房還是住滿了。

「不過大家都出去玩了，不在民宿裡。」筱遙這樣說。

房間並不大，裡頭有一張雙人床、一張桌邊櫃與衣櫥，床的另一側還有一張小桌子，上頭立著一盞檯燈與一份摺疊好的巴黎地圖。桌旁有一扇窗，不過從這個樓層的高度只能隱約看到行道樹的頂端而已，葆蒔突然覺得有點遺憾。

房間一樣是橄欖綠色的牆面，與客廳的攝影作品不同，牆上掛了一幅配色奇異的手繪艾菲爾鐵塔插畫：靛藍色的鐵塔與暖橘天空。

「黃昏的艾菲爾鐵塔嗎？」這幅畫莫名引起了葆蒔的好奇，盯著它自言自語了起來。

「怎麼了嗎？」見到發愣的葆蒔，筱遙關心慰問。

「沒事、沒事。」葆蒔連忙搖了搖頭。

「我幫你介紹一下巴黎？」安置好行李，簡單介紹完民宿環境與注意事項後，筱遙拿起桌上的地圖這樣問：「今天預計要去哪兒呢？」語畢在客廳的桌上攤開大大的地圖。

「今天嗎？花神咖啡館……」葆蒔腦海裡跳出這個名字：「對，要去花神咖啡館。」沒有了季永特地安排的行程表，現在只能依循自己的心了。

「我知道了。」筱遙沒有多問只是點了點頭，接著在地圖上塗塗畫畫，介紹起巴黎。

聽著筱遙熱烈地說明著巴黎的一切，葆蒔才有了正在旅行的踏實感。不管在飛機上或前往市中心的列車，甚至是剛剛找民宿的過程，對葆蒔來說都還有種輕飄飄的感受，她只是在移動著，從這一個點去到另一個點而已，像是機械化的運作，不帶感情。

可是現在不一樣了，她卸下行李了，移動的過程已經是過去式了。

季永，我沒有失約哦，我終於來到你最愛的城市了。

「比起冬天的巴黎，其實我更想看看的，是你生活過的這座城市。這座曾有著你蹤跡的城市。」這是葆蒔當初來不及跟季永說的話。

再次出門已經接近四點。

氣溫比剛剛又更低了一些，但天色還是亮的，只是空氣裡開始摻進了一點黃昏的暖色調，隱隱約約。

葆蒔在售票機買了兩張單程的地鐵票，一張是她的、一張是季永的。兩張機票、兩張車票、雙人房……葆蒔沒有退掉季永的機位，也沒有更改房型，她留了一個空位給季永，就像是當初約定好一起旅行一樣。季永並沒有違背他的承諾。

一切都沒有改變，彷彿季永還在。

車廂內依舊是鬧哄哄一片，但並非來自說話聲，而是列車行進的聲音，呼呼颼颼的，像風急速貼著耳朵吹拂一般，每回靠站與重新行駛都會發出機械的喀喀聲響。

轉了一次車，葆蒔在「聖日耳曼德佩站」（Saint-Germain des Près）下了車。從地鐵站鑽出地面時，她自然反應地抬起頭往上看，映入眼簾的是一大片天空以及房舍屋頂，這裡的建築也都是由四至六層樓高的老房子所建構而成，沒有電線桿與誇張的招牌，天空不會被建築給遮蔽住，有種清爽的氣味。

空氣裡的灰塵很少，即使房舍是舊的，但也沒有灰撲撲的塵埃覆蓋感受，視線所及的景物顏色都比往常感受到的清晰，就像是沉睡朦朧的眼睛突然甦醒了一樣。葆蒔漸漸明白為什麼季永會喜歡這座城市了。

再往前走一點，不消幾分鐘，看見了對面轉角處的咖啡館上，被綠色的植栽包圍寫著 Café de Flore 字樣的招牌，「終於來了，花神咖啡館。」葆蒔心中難掩激動。

雖然天氣很好，黃昏的陽光斜灑，但氣溫仍然偏低。儘管如此，咖啡館外頭的座位依舊滿座，人們將椅背靠著牆，整個身體朝向外，緩慢啜著咖啡或閱讀書報，像是櫥窗裡的模特兒般展示著悠哉。

葆蒔刻意選了二樓的位置，她比對四年前季永傳來的那張相片，挑了當初他所坐位置的左邊坐下。

她想像著季永此刻也正坐在他原來的那個位置上。

雖然現在花神咖啡館已經很少文人氣息，爭論哲學的聲音也換成了各國觀光客的語言，但對葆蒔來說這裡仍是一個無可取代的聖地。

原來從花神咖啡館看出去的風景是這個樣子。葆蒔對著陌生的環境發起呆。

「Ètes-vous prêt à commander?」服務生的話語打斷了她的思緒。

「Café au lait and Sandwich.」葆蒔勉強辨識出 commander 這個單字，意會到是要點餐，連忙指著菜單，點了一杯拿鐵與一份三明治。一直到剛剛翻閱菜單的時候，葆蒔才想起下飛機後她就再沒吃過東西。

「C'est tout?」服務生再次確認餐點。

葆蒔點點頭，正當準備遞出菜單時，突然又像是想起什麼似的，急急地說：

「Vin Chaud.」

「Une tasse de café au lait, une tasse de Vin Chaud?」服務生露出疑惑的神情，再次確認是否點了一杯拿鐵與熱紅酒？

「Oui.」看到服務生的表情，葆蒔跟著也遲疑了一下，最後還是點點頭說是。

餐點上桌後，葆蒔給自己留了咖啡與三明治，把熱紅酒輕輕推到了右邊的位置。她扶著玻璃杯身，指腹傳來熱紅酒的溫度，血紅色的汁液緩緩擺盪著，上頭的檸檬片載浮載沉。

「季永，我幫你點了你喜歡的熱紅酒喔。」

在咖啡裊裊升起的朦朧白色煙霧之中，葆時記起了最後送別季永的那段時間。她已經過了好久這樣朦朦朧朧的日子，時間不過是模模糊糊的概念。

原來喪禮並不是為往生者所辦的，更多是為了生者，讓活著的人有個憑弔與慰藉，還有稀釋悲傷的時間。

葆蒔之前並不明白這件事，但後來一點才發現，原來是喪禮讓失去一個人有了踏實感，像是把人從夢境中搖醒一樣，朦朧地開始清晰。一個通往接受的必經與過程的練習。

當啜飲著芬芳的咖啡，視線所及這片憧憬卻陌生的景致時，葆蒔開始覺得這趟巴黎的旅行其實是一次的撿拾，季永從來沒有離開過她，他是貨真價實的鬼魂，而她是來這裡找回他的。

季永始終都是她的出發與目的地。

再次注意到時間，街上的燈已經全亮起了，夜晚的巴黎看起來更華麗了，房舍像是在河床上閃閃發亮的石頭。

自己的咖啡與三明治已經空了，但另一個位置上的熱紅酒還是滿的。葆蒔伸手觸碰了一下玻璃杯，原本溫暖的熱紅酒此刻已然冰涼。

「不熱的紅酒就不是熱紅酒了。」她腦中突然浮現了季永說過的話，這句話像是一記重擊，直衝她的心臟，葆蒔望著紅酒發起了呆。

向一個人道別是一段漫長的過程，不知道會要多久時間、也不知道要用掉多少淚水，與季永在一起兩年的時間不長不短，但卻足夠牢牢記住一個人。他們處得很好，好到葆蒔以為再也不會出現第二個這樣的人了。所以才緊抓著不放。

她一直以為，以後的日子季永都會在。她這樣以為了好久一段時間，因而無法從夢裡醒來。只是無常先來了。

而，季永真的不會回來了。

任憑自己更換了多少說詞，都已經是事實了。葆莳愣愣地這樣想。無論自己偏執地說了多少次「不在了」，都改變不了季永已經消失在自己生命裡的事實；任憑自己再否認，他也不會再有回來的一天了。

虛假的咒語永遠都無法實現願望。

季永真的不會回來了。

想起方才點餐時服務生疑惑的眼神，葆莳拿起了酒杯，拚了命似的一口氣把酒喝完，接著起身離開。

她用了來程時多買的那張單程票，跳上了地鐵。

回到民族廣場後，位在地鐵出口的一家小花店還營業著，門口擺放著各式各樣顏色的花卉：紅的、黃的、粉的、白的……大小與形狀也各不同，統統都插在墨綠色的桶子，整齊地陳列在架上，而每一個桶子上則用接近黑色的紙卡寫上白字標示價錢。

葆蒔彎下腰嗅了花的香氣，瞥見一角有抹靛藍的身影，那種帶了點紅色調的濃郁藍色，是「風信子」。幾盆風信子就擺在角落，含苞的風信子像是一個個風鈴掛在莖上，也像是一串串倒著長的葡萄，總狀花序排列的花苞末端繞有一圈淺淺淡淡的藍色。

望著藍色的風信子，葆蒔又想起了那位名叫賈欣絲的女孩。季永在巴黎求學時喜歡的那個女孩，她不曾看過、也沒有聽季永提過的女孩。

當子浩提起賈欣絲的時候，葆蒔第一時間在內心產生了巨大反抗。為什麼要找男友的前女友？不管他們從前多麼親密，但現在季永跟她已經沒有關係了，為什麼非要告訴她這件事不可？

但或許子浩說得對。賈欣絲跟季永的關係其實無法確認，他們很有可能到最後並沒有交往，要是交往了，季永會一畢業就立即返國嗎？當然也不排除可能交往後分手，但無論是哪一種情況，唯一可以確定的是，兩人在畢業那時並不是情侶關係。

只是，季永為何從來都沒有跟自己提過賈欣絲？如果交往過，又為何分開？這樣的疑問在葆蒔的腦子裡不斷打轉。

她想要知道在巴黎的兩年時間，季永過著怎樣的生活、常去哪些地方？是不是有特別喜好的店或道路？以及……還有什麼她不知道的祕密？季永已經無法告訴她這些事了，想要填補這個空白，現在都只有賈欣絲可以解答。

用一個未知換取一些過去，就像是一種祕密交換。

葆蒔嫉妒著這個吸引季永的女孩，她擁有了自己所沒有的季永。

「只可惜今天沒有遇到齊阿姨，只能明天再請教她了。」葆蒔一邊踩在石板路上，一邊想著這件事。

夜色下的巴黎十一，一樓木門仍是緊閉著，但上方點起了一盞黃色的路燈，就著暈黃光線，葆蒔翻出鑰匙開門。

進了門，民宿內很安靜，不知道是大家已經休息，還是尚未回來？也沒看到筱遙，想必是回去了，筱遙跟齊阿姨都不住這裡，她們只有白天會在。

葆蒔迅速洗了熱水澡，身體暖和了起來，趁著身體還熱她趕緊鑽進被窩。棉被很輕，像是棉花包裹著身體一樣，在暖氣的烘托下，那種溫熱混合著巴黎乾爽氣味更加撲鼻而來，夜燈把整個房間染上了暖色調，葆蒔的身心感到舒緩。

沒想到她真的一個人來巴黎了。

恍惚中，葆蒔想到了賈欣絲、那個有著風信子名字的女孩，她長什麼樣子？又是怎樣的一個人呢？

「我只知道她是長頭髮。」子浩當時這樣說。

她想跟賈欣絲見一面、想補足巴黎時期的那個季永，空白的那兩年時間裡，季永是什麼模樣？她迫切地想知道。

明天見到齊阿姨時，要問問她是否知道這位名為「賈欣絲」的女孩？

也或許，這一趟旅行其實是一場季永對自己長達兩年分的道別，一句拉得很長的再見。

懷抱著對於祕密的追尋，葆蒔看著牆上那幅藍橘色的艾菲爾鐵塔插畫，沉沉睡去。

Day 3

咆哮的記憶重播

日期：1/8

行程：奧賽博物館、
凱旋門與塞納河

她卡住了，卡在得不到答案的「為什麼？」之中，
掉落在時間跟時間的間隙裡動彈不得，
沒有未來以後。

不要為落下的樹葉掉淚，那是宇宙運行的方式。

先躍入視線的是橄欖綠，接著是陽光，還有低頻的窸窸窣窣人聲。

陽光……？葆蒔猛地睜開眼，她的房間沒有對外窗，所以陽光自然不會灑進來，再轉頭看到窗外的建築時，才終於記起自己正身在巴黎。

葆蒔盯著窗外看，昨晚睡覺時忘記拉上窗簾了。

因為時差加上在飛機上睡得少的關係，葆蒔昨晚很快就入睡，而且睡得極

好，好到連她自己甚至都有點感到驚訝。這幾個月她老是無法安眠，不是睡前胡思亂想，就是好不容易睡著了卻莫名醒來。能好好睡一晚，或許跟這裡天氣冷也有關係吧。

陽光從外面灑進來，打在橄欖綠的牆上，在牆上烙下了窗戶的陰影，一種清澈的光線，在台北不太容易看到這樣的光。葆蒔視線再往上一點，看到了成片的藍天，幾乎沒有雲在上頭。

「看來今天會是好天氣。」

門外傳來有人在講話的聲音，應該是筱遙或是……齊阿姨吧。

齊阿姨！想到這個名字，葆蒔立即從床上彈跳了起來，要趁齊阿姨還沒有離開前見一見她。葆蒔看了時間，現在已經是九點，沒想到自己竟然睡到這麼晚。簡單梳洗後，趕緊跑到客廳。

因為背光的關係，葆蒔起先只看到隱約的剪影，適應了光線才終於看清楚客廳裡的人。大桌邊除了筱遙之外，還有一位年輕長髮的漂亮女生正在用餐，想必也是旅客，除此之外再沒有別人。

「Bonjour，早安。」最先發現她的是筱遙。

「早。」葆蒔輕輕點了點頭問好。

「她是『艾珉』，也從台灣來的。」筱遙介紹著。

「你好。」葆蒔向年輕女子點頭示意。對方也點頭問好。

「快來吃早餐吧。」筱遙一臉笑意，把手邊的咖啡壺擺到桌上：「要茶，還是咖啡？」

「啊，咖啡，謝謝。」原本不太喝咖啡的她，自從季永不在身邊就開始喝了。

「糖跟牛奶在這裡。」筱遙把桌上兩個白色陶瓷罐推了過來：「也吃點麵包吧，早餐很簡單，希望你不介意。」

「不會、不會，這樣就很足夠了。」葆蒔連忙接話。

早餐以麵包為主，除了幾款雜糧麵包外，還有可頌與吐司，搭配了草莓跟橘子口味的果醬與奶油、水煮蛋，一旁則是一盆大沙拉與水果，唯一的熱食是剛剛才煎好的培根，雖然種類不多，但對向來不講究早餐的她來說已經很豐盛。

「麵包如果需要加熱，廚房有烤爐。」筱遙特別補充說明。

「沒關係，有熱咖啡就可以了。」葆蒔邊道著謝邊拿了一個可頌。

「齊阿姨呢……？」啜飲著咖啡時，葆蒔忍不住問道。

「她剛剛才出去而已，說是要去郵局一趟。」

「這樣啊……」

「總會碰到的，不用擔心。」看出葆蒔的沮喪，筱遙趕緊安慰。

用完早餐後出門，一推開樓下重重的門扉，冷風就竄了進來。剛才在室內陽光充足加上暖氣，讓人對外頭溫度有了錯覺，但一到室外，冷冽的空氣立刻提醒著現在是冬天。

早上的光線跟昨天午後有些許的差異，比較青色調，也更銳利了一些，沒有昨天黃昏時的色調柔和，因此房舍的輪廓顯得更加清楚。

光禿禿的枝椏襯著輕淺的藍幕，像是天空的裂痕。

步下了地鐵站，車站內複雜的氣味、車廂發出的機械聲，以及列車經過時呼嘯的風，第二天葆蒔逐漸習慣這座城市了。

葆蒔在十二號線「索菲利諾站」（Solférino）出了站，前方不遠處就是奧賽博物館。

最先引起她注意的是館外兩座巨大的鐘，黑色的線繞出一個圓，上頭的羅馬數字與指針也是黑的，背底則是白色玻璃，很極簡的樣式。雖然看不懂羅馬數字，但依據時針位置，葆蒔知道現在是上午十一點。

奧賽博物館並不大，前身是一座車站，大廳中廊便是舊時的鐵道位置，現今擺放了許多雕刻作品，而左右兩側原有的月台則成了一個個展覽室。隱約還能感受得到車站的樣子，但氣氛卻截然不同。

緩步踱上二樓，一幅熟悉的畫作突然躍入葆蒔的眼簾，她輕輕地發出了驚嘆聲，原地定住了好幾秒後，才逐漸回過神。葆蒔小心翼翼地靠近，像是深怕會驚擾到它。

〈隆河上的星夜〉，此刻眼前這幅梵谷畫作，是葆蒔來奧賽博物館的理由。深深淺淺的藍布滿畫布，有的帶點紫、有的則帶了綠，天空是這樣、水面是這樣，就連岸上的人也是；而夜空上的星星，就像是撥開厚重絲絨般的深色調探出了頭，每一道筆畫都像是把剩餘的生命給注入一樣。

「〈隆河上的星夜〉拯救了當時的我。」

葆蒔腦海浮現了季永說過的話，她彷彿回到了第一次聽到這話語的時刻。那是他們第一次單獨約會的事。

十一巷聚餐之後，她與季永開始頻繁地在網路上聊天，什麼都聊，像是一口氣要填滿遺失的日子一樣。終於在一個月後季永開口約了她出去。

他特地找了一家具法式鄉村氣氛的餐廳，名叫「Les Tuileries」，正是杜樂麗花園的杜樂麗。整間餐廳從內到外都是溫暖的紅褐色調，摻了點灰的那種，不會過於豔麗搶眼，牆壁是紅磚組合而成，地板也一樣是磚紅色，只不過是大片的方形磁磚；桌椅都是原木色系、上頭擺了一盞暈黃的燈，有種鄉村沉靜的氣味。

更重要的是，這間餐廳有著好吃的法式鹹派。

「鹹派是我在巴黎時最常吃的食物之一，方便、口感層次很多，不會單調，怎麼吃都不會膩。」季永用陶醉的神情形容著鹹派，一臉滿足：「雖然這家餐廳的跟法國不完全一樣，但同樣好吃。」

「那就交給你點了。」

季永點了一個鮭魚菠菜鹹派與經典鄉村鹹派，還有一份麵食。

「這送你。」餐點來之前，季永遞上了一個禮物。

「怎麼又送我禮物？我都沒有準備……」葆蒔收下禮物有點不好意思。

「只是小禮物而已，沒什麼啦。」

「是什麼？書？」葆蒔拆開包裝紙，果然是一本書，書名是《Van Gogh》。封面是一頭張揚紅髮的男子的畫像，是梵谷畫冊。

「我最喜歡的畫家，所以想跟你分享。」

「謝謝，我也喜歡梵谷。」葆蒔開心地翻閱畫冊，濃烈的色彩躍上她的眼裡：「你最喜歡哪幅畫？」

「我嗎？這幅。」季永熟稔地翻到其中一頁，上頭的畫作就是〈隆河上的星夜〉：「梵谷描繪光線的樣子不像是暈染的柔焦，而是一筆一筆用竭盡全身氣力的按壓，像是要把光線揉進去油畫布面一樣。」

葆蒔輕觸著銅版紙上的畫作，覺得有點眼熟。

「看到梵谷這麼拚命畫畫的樣子，好像是叫我也要加油。」季永這樣下著註解：「這幅畫就像是有治療效果一樣，在巴黎的時間，有時候會很想家，我就會去看這幅畫。」

「啊！」葆蒔突然發出驚呼聲。

「怎麼了？」

「我認得這幅畫，」葆蒔難掩興奮之情：「這是兩年前你在巴黎，第一次傳訊息給我時，使用的大頭照。」

「沒想到你還記得。」季永喜出望外。

「原來當時這幅畫代表你的心情。」看著梵谷充滿生命力的畫作，葆蒔努力理解著季永所說的話。

用完餐之後，兩個人去了大稻埕看夜景。

並肩沿著河畔散步時，葆蒔感到一陣奇異，右、左；右、左；右、左……屢試不爽，每回只要她移動到右側時，季永都會在第一時間換到右側的位置。就像是在進行一種搶位置比賽。

「你在做什麼？」面對季永的行為，葆蒔一頭霧水。

「什麼？」

「你從剛剛就一直不斷換位置，對不對？只要我一走到右邊，你就會換過來。」葆蒔突然張大眼：「就連剛剛在餐廳時，我也是坐在左邊位置！」

「這……」

「你不會是某種變態吧！」葆蒔作勢倒退了幾步。

「不是、不是，」季永連忙解釋：「我身體左右重心不協調，所以習慣在右邊啦。」

「那是一種疾病？」

「也不是啦，只是心理作用。」季永搔了搔頭，有點不好意思。

「確定不是變態？」

「真的不是、真的不是！」

「我相信你，但我會繼續觀察你。」葆蒔開玩笑說著，並用食指與中指代替自己眼睛對季永的臉比畫著。

「遵命。」季永則是笑著，繼續換到葆蒔右側位置。

週末夜的大稻埕人潮洶湧，一個大大的船錨造景佇立在岸邊，廣場上有街頭藝人表演與一些攤販，音樂聲與人群嘻笑聲蔓延在空氣裡，氣氛歡愉。

「你會騎單車嗎？」幾輛單車從兩人身邊呼嘯而過，季永突然這樣問。

「會，我是鄉下孩子，從小就騎著單車跑來跑去。」

「我是為了去巴黎才學會騎單車。」

「真的假的？」

「對，出發前就曾思考，去巴黎時要以單車代步，所以特地去學了。」

「那後來有學起來嗎？」對於葆蒔來說，騎單車是一件自然而然的事，不用刻意、也無須特別指導，直到有天當自己察覺時，發現早已經學會了。這樣的生活經驗，與從小在都市裡長大的季永很不一樣。

「當然，我在巴黎常常騎單車，所以曬黑了。」

「那改天再一起來騎？」知道了季永的意思，葆蒔指了指自己的裙子，直接回問。

「好啊。」季永開心地笑了：「今天就先散步吧。」

天氣很好，隔著寬闊河面，對面的大樓燈光倒映在水面上，拉出一條條修長不規則的橘黃色彩帶，左側有一道道橫線層層疊疊劃過天際，是一座又一座橫跨淡水河的橋梁，河岸景色宜人。

「瞇著眼看，勉強有點像是〈隆河上的星夜〉。」季永用雙手在眼睛前方框出了一個方形。

「根本不像啊。」葆蒔也跟著比畫，接著用力地搖了搖頭否認。

「就說是勉強嘛……」

葆蒔伸出雙手再比了一次，這回更用力地搖頭：「連勉強都沒辦法。」

「哈哈哈哈，被你發現我在胡扯。」季永大笑，臉都亮了起來。

至今想起兩人共有的這些回憶，葆蒔還是覺得猶如在昨日。

而季永特有的男右女左的習慣，也成了他們後來兩人獨有的一種默契。

而此刻，〈隆河上的星夜〉就在她的前方幾公尺處。

葆蒔終於明白了季永說的話。看似喧囂的畫面配色、張揚飛狂的筆觸，反而可以感受到平靜，讓人得到慰藉。

內心越是尖叫吶喊，表面就越是淡定，葆蒔也感覺自己一點一滴被收容了。不知道凝視了這幅畫多久，一直到肚子發出咕嚕咕嚕的聲音時，葆蒔才猛地想起自己還沒有吃午餐。她在館內坎帕納餐廳（Café Campana）點了一份義大利麵與一壺熱花茶。

坎帕納的裝潢非常簡單，原木色系的桌椅還有地板，最大的裝飾就是方才在館外看到的那兩座大鐘其中之一，鑲在餐廳牆面，對外是標示時間的工具，在內則是充滿美感的裝置。光線穿過時鐘玻璃透射進來，加上巨大的時鐘剪影，有種強烈的電影畫面感。

起初葆葑只是隱隱覺得時鐘有種奇異感，後來才意會到，因為在內側的關係，所以時針行進的方向是反的。

這樣的話，是不是也等於表示了時間是倒著走的？如果真的可以倒退該有多好。

餐點擺盤很樸實，完全沒有想像中花都該有的浪漫氣氛，不過或許這才是這座城市真實的樣子，那些張揚的美貌其實都只是一種炫耀，甚至也可能是一種嘲諷，用最淺薄的方式吸引你，但不讓你看見真實的美。

葆葑用叉子將麵條捲到湯匙裡打轉，繞成一圈圓後才送進嘴裡。這也是季永教她的方法。葆葑漸漸覺得，每做一件事、去一個地方，都像是在召喚他出來。

「即使撇開吃相美觀與否不說，這樣也比較不會讓醬汁濺到衣服上頭。」那時季永是這麼說的，並且開始示範了起來：「先把麵撈一點到湯匙裡轉一轉，就可以把麵捲成一團了，這樣比較方便吃。」

「湯匙？」葆葑疑惑著，吃義大利麵為什麼要用湯匙？

「對，因為湯匙的表面有弧度，可以把麵收攏起來。」季永熟練地捲著麵。

「真的耶。」葆蒔跟著做了一次，驚訝著這麼簡單的事，為何之前她都不知道？

「因為人都會養成一種慣性，例如習慣靠左走，時間久了一點之後，就不會思考其他的可能了。就像是吃麵要用筷子或叉子這件事也是一樣。」

「你說得很有道理耶，不愧是在巴黎念書的人。」

「不要虧我啦。」

通常被人指正時，心理容易會產生某種不愉快的情緒反撲出來，可是季永不會給人這樣的感受，因為他的態度並不是糾出錯誤，而像是分享一則知識。

季永很少批判別人，他把每個人都當成獨立的個體，不需要拿來比較。

「工作還順利嗎？」季永邊捲麵邊問著葆蒔，當時她已經順利找到出版社編輯的工作。

「還在適應，」葆蒔試著熟悉將麵在湯匙裡轉成一個圈的手感：「雖然我是中文系，但真正開始編輯一本書，還是完全不一樣。以前看書時，以為編輯不就是找找錯字、順順句子，應該很簡單才是，但實際做了，才發現學問好大，什麼文案、定位、包裝……都要思考。」

「就跟我還沒自己設計房子前，看到房子以為很簡單一樣，總會想挑剔一下，但其實每棟房子會那樣設計，一定都有它的考量。」季永點點頭附和著。

「就是說、就是說，我現在都不敢再亂批評哪本書做得不好了。」

「世界上本來就很難存有完美的東西，放棄完美的念頭反而會做得比較好。」

「會說出這樣的話，不愧是在巴黎念書的人耶。」葆蒔再次調侃著。

季永有種奇異的正直的特質，他說話時總是看著對方眼睛，認真看待每一個提問，一個三天前的疑惑，他可能在三天之後突然跟對方說：「我找到答案了。」並不是嚴肅或缺乏幽默感，而是把對方說的話牢記在心裡。

因為還年輕的關係，時常面對處理不了的問題，答案就是不要處理，心裡的話常常會被敷衍帶過，因此季永顯得獨特。葆蒔之前沒有遇過這樣的人。

反觀葆蒔，或許因為名字帶著詩意，加上大學畢業前始終都是一頭長髮，所以許多人對她的第一印象，都會將她解讀為一個秀氣細膩的女生，但事實上她的個性粗枝大葉，就連「一畢業立馬把頭髮給剪短」也不過是一個念頭的事。

這麼不認真的自己，沒想到會跟一個加倍認真與謹慎的人交往。有時候葆蒔還會心想，季永應該是連她的份都給一起用掉了。

「不愧是在巴黎念書的人。」日後這句話就成了他們兩個之間的密語，只要他講道理時，她就會用這句話回應他。就像是你說「喂！」我說「幹嘛？」一樣，是一種無法取代的親密。

那是時間在兩個人身上留下了印記。年歲會把兩個人融合在一起，不知不覺中都被改變了一些。相愛一場的證明。

可是季永還如此年輕哪！葆蒔時常忍不住這樣想。

歲月的印記應該仍要不斷地堆疊才是，他們的相愛只不過到半途而已。那些一起經歷過的點滴，現在都成了所有不足夠的證明，更多的時間、更多的機會，為什麼他們都無法擁有?!

生命對自己好不公平！葆蒔隱隱感覺到自己對於世界的不理解，與其帶來的惱怒。

用完餐踏出博物館時，迎面而來的是塞納河。

葆蒔一直以為城市裡的河都是狹窄而平緩的，尤其是以浪漫聞名的塞納河，但其實塞納河遠比想像中開闊，也因為風大的關係，河面掀起了陣陣的波濤，就像一片擺盪的淺淺灰藍綠色草原。

河畔光禿禿的梧桐樹整齊排列著，淺色樹身幾乎跟後方的房舍融為一體。葆蒔沿著河岸散步了一小段路，沒有行程表的她，也沒有急著要去的地方。她隨興地在河畔長椅上拿出巴黎地圖翻閱，發現凱旋門就在不遠處，決定步行過去。

連接凱旋門的是香榭麗舍大道。

這條全世界知名度最高的購物大街非常寬敞，沿著馬路還有成排此刻光禿禿的行道樹。但引起葆蒔興趣的不是購物商店，而是佇立在人行道上的綠色書報攤。架上擺滿了報紙雜誌、紀念品與小零食，一格小小的空間裡色彩繽紛，雜誌上一張張人臉佔滿視線，就像是一種裝置藝術，懷舊卻又新潮。

台灣已經少見書報攤了，你所要的一切都在便利商店裡。獲得方便的同時也失去了些什麼，人生就是這樣。

再往前走一點，過了路易威登之後，凱旋門就以壯觀的姿態聳立在眼前。

葆蒔沒有想過凱旋門是如此巨大，不管從明信片上或電影裡頭看到，都是一個近似剪影的存在而已，而實際上看到它，即使是隔著寬敞的馬路，仍舊能感受到厚重與氣勢。

凱旋門前沒有斑馬線，若想要更親近，只得穿過長長的地下道。等到黑暗退去了之後，即可見巨大宏偉的白色大理石凱旋門躍上眼簾。

遠看時只覺得壯麗，但真正站在它的底下時，更多精細無比的雕刻顯露了出來，尤其門上的戰役浮雕像，那些戰士此刻都像是正奮力從石頭裡探出身體來似的，葆蒔瞠目結舌。她沒有看過這樣的雕刻，像是活生生的人一樣。

站在凱旋門底下是一種非常奇特的體驗，此處是十二條大道的交會處，十二條馬路在這裡交會，繞了一個圈框住這扇門後，再各自奔向東南西北，像是十二道光芒的星星。

「凱旋門有種奇特的氣場，感覺很平和。雖然地處於鬧區，旁邊也是車水馬龍，車潮不斷從身旁呼嘯而過，但奇異地讓人感到寧靜。或許是因為那些無名戰士的關係，大概是他們在庇佑著這裡吧。」季永曾經說過這樣的話。

當時她無法理解他的意思，只能點點頭當作應和，但此刻終於懂了。她也有類似的感受，也同樣無法用詞彙描繪出來，可是卻真實感受到了一些什麼。

被庇佑之地，一如季永所說的，這或許是最能具體形容的方式。

「北門讓我想起了凱旋門。」季永這樣說。

在一個把厚外套從衣櫥裡拿出來的日子，他特地帶她去了位在台北車站旁的北門。

葆蒔曾走過幾次，知道這邊有座城門，卻從來沒有在意過。不會消失、也不會引起注意，是一個點與一個點的後繼而已，對葆蒔來說它就是著這樣的地方。然而那時北門高架橋剛剛拆掉，不過只是一個改變而已，景色就不一樣了，周圍一片清爽，一時成為風靡攝影師的拍攝地，上遍了各大新聞。

雖然沒有十二條大道圍繞，但北門同樣也是交通匯集處，車子會繞它轉，就跟凱旋門一樣。

「當然規模相差非常多，可是感受到了一樣的氣氛，寧靜。」季永抬起頭看著城門說：

「當我的女朋友好不好？」

「咦？什麼？」葆蒔心跳漏了一拍。

「當我的女朋友好不好？」

葆蒔沒有回話，手掌心卻緊握住了季永的手掌。

「閩南式的碉堡城門，兩側三對高高翹起的燕尾脊，背著光看就像是振翅的鳥。」季永視線一樣看著城門，然後指著上方的某處這樣說。

葆蒔仰起頭順著季永的手抬起頭往上看，果然看到了像是燕子尾巴的曲線。

她突然感到眼前光線一暗，視線被阻擋了，嘴唇感到一陣溫熱。

在右邊的他轉過身，親吻了左邊的她。

這是葆蒔第一次聽到燕尾脊、那年第一次穿上厚外套，以及屬於他們的第一次親吻。

其實不是浪漫的地方，氣氛也不夠好，可挑剔的地方很多，但季永從來都不是個詩情畫意的人，可是，那卻是葆蒔所擁有過的最完美的一次親吻。那是種完全與一個人契合的頻率。

離開北門後，季永說還要帶她去一個地方，位在附近的撫臺街洋樓。

「撫臺街？」葆蒔在台北生活了這麼久，從來都沒有聽過這一條街。

「對，就是現在的延平南路，撫臺街是舊稱。」

原來是延平南路。葆蒔發出「哦」的一聲，他們兩個最常約會的地方都是跟建築有關，剛開始她會覺得這男生太不懂情調，這跟她以往約會的方式完全不同。但後來葆蒔才明白，這原來是季永自覺所能展現的最有自信的地方。這是他的強項，所以想讓她知道。季永就連表現自己的方式都很踏實。

不過一個路口而已，有著三道石拱門騎樓的撫臺街洋樓就出現在眼前，就藏身在住宅之間，毫不起眼。

在對街時，季永又指著洋樓最上方的三扇窗說：「那是老虎窗。」

「老虎窗？」葆蒔順著視線往上看，屋頂上中央有一扇突出的方形圓弧頂的窗戶，而它的左右則各有一扇半圓形的黑色窟窿小窗，像是一雙瞇著笑的眼睛。「這麼可愛的造型，不像是老虎啊。」

「老虎窗不是跟形狀有關，是發音。因為屋頂的英文 roof 與上海話中老虎的發音相似，所以才被這樣稱呼。」

「我覺得比較像青蛙……」葆蒔盯著窗戶喃喃自語，等她回過神發現季永正微笑地盯著自己看，隨即像是驚醒一樣摀住了嘴巴。她想起了剛才的親吻，臉頰又紅了。

「被你看穿我的企圖了。」看到葆蒔的舉動，季永笑了出來，拖著她的手穿過馬路。

撫臺街洋樓屋內不大，一樓是展示中心，陳列著簡單文物與舊地圖。

他們兩人隨興地看著說明，突然季永又指了指上面：「你看。」

葆蒔抬起頭，接著又趕緊用手摀住嘴巴，看到這個舉動季永又笑了。

不過葆蒔這才發現展廳內的天花板原來為鏤空設計，可以一目了然屋頂的木造結構，剛剛在外頭看到的老虎窗此刻透射進光芒，像是發光的物體。

「好漂亮，沒想到看房子的構造，感受這麼特別。」

「常常我們太習以為常事物存在的樣子，覺得什麼東西就該是什麼樣子，但卻忘了所有的形象都是由內而外所累積出來的，裡頭都隱藏著我們不知道的事。」季永熱切地說著：「這也是建築引起我興趣的地方。」

「因為可以發現內在？」

「也因為可以探討內在。」

說著這段話時的季永，葆蒔幾乎是以崇拜的心情看待他，以前季永就是這麼有學問的人嗎？還是因為巴黎給他的影響？她從來都沒有問過他這件事，而以後也不會有答案了。

這一個將收了半年的厚外套從衣櫥拿出來的夜晚，葆蒔永遠不會忘記。

離開凱旋門時，已經接近黃昏，天空換上了絲絨般的藍色。葆葤突然想去看看夜晚的塞納河，於是朝著來時的路往回走。

天色又更深了一點，河畔光禿禿的梧桐也打上了橘色的燈，河水在它的底下浩浩蕩蕩流過，跟下午看到的時候感受完全不同，更浪漫了。白天的塞納河像是一個趕路的行人，直接而倉促；到了晚上則成了夜歸的遊子，溫柔而寬容。

塞納河是屬於夜晚的。

葆葤再次沿著塞納河走一小段，當步下階梯走到河岸往前方看時，原本就已經高聳的奧賽博物館，現在拉得更高了，館身許多部分已經吞沒在夜色中，只有那兩座黑白的大鐘亮了起來，像是高掛在夜空中的兩個月亮。

岸邊許多房舍也打了燈，清一色都是橘黃色調，像是冬夜裡的火光在水面上拉出長長的倒影，隨著波浪擺動不斷跳躍著。

啊，這景致才更像是〈隆河上的星空〉。面對著這樣的一條河，葆葤再次發呆了好一陣子。

氣溫仍是低的，而且因為空曠的關係，所以風更大了。葆蒔偶爾會因為捲起水氣的冷風襲來而拱起肩膀瑟縮，很凍，但並非不可忍受。葆蒔將脖子上的圍巾多繞了一圈，拉緊身上的大衣，緩步繼續往前走。

一個人散步時特別容易感傷，因為除了走路之外，腦子也不會停止打轉，會不斷記憶起以前跟季永相處的點滴、經歷過的事，還有那些與這些來不及經歷的事，例如現在塞納河畔的漫步，本來應該是兩個人一起的。

至今想起時，她還是不明白季永的離開，明明前一刻人都還好好的啊，怎麼會說不見就不見？每每只要這樣想到，葆蒔便會對人生益發產生不滿。她用力甩一甩頭，努力克制自己的思緒。

幾乎是無聲的，雖然塞納河依舊波濤洶湧，但仍是安安靜靜地奔騰，只有葆蒔橡膠鞋底磨擦著石板地發出窸窣聲響。一直到身體開始忍不住發抖了，她才動身前往地鐵站。

回到巴黎十一時，一推開公寓大門，便看到一個陌生的熟齡女子坐在客廳大桌邊讀書。已經晚上九點，葆蒔沒想到還會有人在，不過隨即意會過來她的身分。

「齊阿姨？」

「季永有跟你提起我？」熟齡女子聞聲轉過頭來回應，臉上掛著一抹溫柔的笑。

此時葆蒔才終於看清楚齊阿姨的長相。齊阿姨身形嬌小纖細，一頭烏黑及肩的中短髮，膚色白皙，看起來神采奕奕，沒有明顯蒼老的氣息。

「他有跟我提起您，季永在巴黎那段日子謝謝您的照顧。」毫無預警聽到季永的名字，葆蒔心突然揪了一下。

「我受他的照顧才多呢，巴黎十一是靠他才成的。」齊阿姨笑說：「別站在旁邊，快來坐下，要喝茶嗎？」

「您是特地在等我的嗎？真不好意思。」葆蒔隨意挑了張椅子坐下，齊阿姨揮了揮手示意沒關係，把溫熱的茶水倒進另一只杯裡遞上。

其實葆蒔從來沒有在腦海裡描繪過齊阿姨的樣子，甚至連巴黎的樣子都沒有。自從季永生病之後，她的世界彷彿就靜止一樣，不管周遭的景物怎麼變換著，眼前看到的卻始終都是停止不動。

但是抵達巴黎之後，她感覺自己逐漸被淹沒在憤怒的情緒之中，每去一個地方都召喚出了那些曾與季永一起的美好日子，可越是記憶起，就越提醒了自己，季永真的已經離開了。

不是不在了，而是離開了。

她不斷地問著「為什麼？」，責備世界的不公平。有多麼想念季永，氣憤的情緒就有多麼反撲。

她卡住了，卡在得不到答案的「為什麼？」之中，掉落在時間與時間的間隙裡動彈不得，沒有未來以後。這樣的狀況自從季永離開後更是明顯，她時常發呆就是最好的證明。

「昨晚睡得好嗎？」齊阿姨關心地問著：「要是還不夠暖，我再拿條棉被給你？」

「不用了，我睡得很好，謝謝齊阿姨。」

「剛到時，有沒有被低溫給嚇到？」

「是滿冷的，但還可以接受。」

「巴黎的冬天實在是好冷啊，我記得剛來的那一年，簡直整天都包得像棉球一樣。但現在已經習慣了。」齊阿姨說著說著笑了，停頓了一下又說：「不過，季永最喜歡的就是這個城市的冬天了。」

再次聽到季永的名字，葆蒔抬起頭看著齊阿姨。齊阿姨想必是知道季永去世的消息，否則她一定會問起季永的近況。

……否則，現在也不會用回憶般的口吻說著話。

葆蒔沒有想到齊阿姨會這麼直接就提起季永，彷彿日常發生的事情一樣，她原本預計會是以迂迴、閃爍，甚至是逃避的方式說著關於他的事，但齊阿姨卻是用一種自然的口吻在描述，這樣其實讓她暗暗鬆了一口氣。

所有的祕密都是這樣的，當隱藏了太久，到最後反而會變成不知道該如何開口，就像嘔氣的兩個人，到最後怎麼開口都成了一種尷尬。

祕密本身已經模糊，只留下搖擺不定的眼神。

「齊阿姨是怎麼跟季永認識的呢？」葆蒔開口問道。這其實也是她長久以來的疑惑，他們兩個人不僅是年齡的差距，就連生活圈也都是大不相同，是怎麼碰在一起的？

「這個嘛……」齊阿姨思索了一下，接著說：「街上。」

「街上？是指馬路上嗎？」

「沒錯，當時我們撞在一起了。」像是打開塵封的回憶似的，片段一下子灑出來了：「是的，沒錯，那時我跟季永都騎著腳踏車，在一個轉角處擦撞了。當時我剛好去買水果，打翻了一地，我們兩個慌亂地在街上撿蘋果柳丁。」說著說著齊阿姨便笑了。

「原來是這樣啊，因為意外而認識了。」但葆蒔還是有一個疑惑：「可是您怎麼會知道季永會講中文呢？」巴黎的東方臉孔不少，也可能是日本、韓國或其他國家的人。

「噢，這是因為我看到了季永的參考書。」

「參考書？」

「對，原本裝在肩背袋裡的書也掉了出來，我看到上頭寫著《建築的語言》。」齊阿姨點點頭說：「所以我就先用中文說話了，當時季永還嚇了一跳。呵，進一步聊天之後才發現原來他是到巴黎讀建築，而當他知道我準備要經營民宿時，便自告奮勇幫我申請網站、做簡單的設計美化，也替我到各大旅遊版宣傳，幫了我好大的忙，不然網路我怎麼會懂呢。」

葆蒔啜了一口熱茶，靜靜聽著齊阿姨說話，腦海中想像著水果散落於街上的畫面。

「剛開始這間民宿的客人，幾乎都是他幫我找來的。」齊阿姨微笑著，接著用極溫柔且遺憾的口氣說：「季永真是個好孩子……沒想到這麼早就走了。」

聽到這句話，葆蒔紅了眼眶，感覺自己拳頭緊握、微微在發抖，於是趕緊低下頭不敢看齊阿姨。

「你是不是覺得很生氣？」齊阿姨像是會讀心術似的，突然這樣問。

葆蒔驚訝地望著她。

「我給你看個東西。」齊阿姨拿出一個方形禮物盒，從裡頭取出了一疊的氣泡紙，就著昏黃的燈光，凹凹凸凸的氣泡像是閃著光的水滴。

「氣泡紙？」葆蒔一臉疑惑。

「這是季永送我的禮物。」

「禮物……?!」葆時更加疑惑了。

「很好笑的禮物，對吧？」齊阿姨雙手撫摸著氣泡紙邊笑說：「其實當初我會開始經營巴黎十一，是因為我的丈夫過世了，搬過去跟兒子一起住後，這間房子空了出來。」

這是葆蒔不知道的故事。

「與其說是要經營民宿，不如說是替自己找點事做。我的丈夫……是車禍過世的。」

「啊！」葆蒔發出驚呼，掩住了嘴。

「雖然日子真的忙碌了起來，可那只是填補時間罷了，心頭仍覺得空空的，時不時便傷心了起來，常常自問『為什麼這種事會發生在我身上？』一開始我以為是因為失落感，後來才發現原來是在對這個世界生氣。」

葆蒔靜靜聽著，此刻齊阿姨所說的話，似乎也呼應著她的感受。

「但其實這樣的情緒並不是所有人都能懂，為了不讓身邊的人擔心，也只能裝沒事樣，讓日子繼續過下去。可還是不自覺就會嘆氣或是落淚，連自己都沒意識到。不過季永發現了這件事，一有空就會陪我聊天、去市場買東西。我想他應該把我當成他的奶奶般對待了。」

眼前和藹的齊阿姨，葆蒔能夠理解為何季永把她當自己奶奶一樣。

「然後在我生日的時候，他說要帶我去他的祕密基地，扮成小丑逗我開心，現在想起還是覺得好滑稽，呵呵。當天，他特別送了這個給我當生日禮物，季永跟我說：『每當你心情不好的時候，就捏破一個氣泡當作發洩吧。』」

葆蒔觸摸著凹凸不平的氣泡紙。

「怎麼會有人送別人氣泡紙當禮物呢……但沒想到還真的有用哪。」齊阿姨抽出幾張氣泡紙，笑著說：「你看，這些都是我捏破的。這些不起眼的東西，讓我當時的憤怒得到了一些抒解。」

這些話語，讓葆蒔覺得自己心裡的有些部分被觸動了。

「現在我想把它送給你，我想季永也會這樣做。」

「真的嗎？」葆蒔喜出望外，她手指輕輕觸摸著氣泡紙，似乎能感受到季永的溫柔，內心也跟著柔軟了起來。

「我現在再也不會覺得遺憾……」齊阿姨又說：「人跟人的緣分都是注定好的。不要為落下的樹葉掉淚，那是宇宙運行的方式。」

葆蒔輕輕地點了點頭，忍住不讓眼淚掉下。

「重要的是，留下的人要好好的。」齊阿姨拍了拍葆蒔握著禮物盒的手：「都會沒事的。」

這陣子她聽過無數安慰的話語，但怎樣都聽不進。因為無法接受發生的事，所以再甜美的字句都只是虛假。不是她不想被安慰，而是根本誰都安慰不了她。

一開始對於這樣好聽的話語，葆蒔都會有種反抗的心情，像是隻在野外生長充滿防禦心的小狗。但之後漸漸才發現，這原來是大家唯一能夠給的對待。

其實每個人都同樣在努力著，他們努力想讓別人寬心，而自己則是努力不倒下。明白這點後，於是開始可以試著去接受了。

而齊阿姨的這份體貼對待，葆蒔更是感激不已。

「那個，齊阿姨，我可以請教您一件事嗎？」終於葆蒔怯怯地開口。因為齊阿姨親近舒適的態度，讓她也放鬆了下來。

「跟季永有關？」齊阿姨一下就猜中她的心思。

「嗯……」葆蒔再次點點頭，接著又開口問：「您有聽季永提起過一個叫『Jacinthe』的法國女生嗎？」

「Jacinthe？」齊阿姨跟著再重複了一次名字，像是在茫茫腦海中搜尋資料。

「是風信子的意思，但也可以當作人名。」葆蒔補充道：「聽說她是季永的同學。您聽過她嗎？」葆蒔熱切地詢問著。

「沒有耶，我沒有聽他說過。」沉思幾秒後，齊阿姨這樣回答。

「也沒有啊……」葆蒔一臉失落，唯一的希望落空了。

「你找她有很重要的事？」

「沒什麼啦，只是想問她季永以前在學校發生的事而已，倒也不特別重要。」看出齊阿姨的關心，葆蒔連忙解釋。

「這樣啊……」齊阿姨若有所思地點了點頭，好半晌後像是想起什麼事一樣，突然又說：「不過我倒是知道季永以前打工的咖啡館在哪裡。」

「咖啡館打工？」葆蒔一臉疑惑，她從沒有聽季永提起過這件事。

又是一個祕密？季永在巴黎的兩年到底過著怎樣的生活？

「有一次季永忘了把手機帶走，當時他正在打工，所以用店裡電話打給我，請我幫他送過去。」齊阿姨這樣說：「或許可以問他的同事看看。」

「真的嗎？太好了。」

「地址我應該還留著，等我一下。」語畢齊阿姨起身打開客廳裡的櫃子，不一會兒的時間就回來，並遞上一張小紙卡，上頭簡單寫著：

Café Quatre

9 Rue des Marmousets, 75013

地鐵七號線，哥布林站（Les Gobelins）

「Quatre……」葆蒔輕輕念出這個單字，她認得這是數字「四」的意思。

四號咖啡……？這是季永以前打工的地方？

看著紙上的字，葆蒔感覺到自己正在微微顫抖著，同時混雜著開心與不安的情緒。

「希望能夠幫上忙。在巴黎還需要什麼隨時跟我說，不要客氣。」

「謝謝齊阿姨。」

回房後，葆蒔迫不及待拿出手機搜尋相關位置，發現地點位在十三區，於塞納河左岸，就在盧森堡公園後方，資料顯示這區是巴黎的中國城。距離民宿大概五個站的距離，葆蒔在地鐵圖上將站名畫了一個圈。

「原來巴黎也有中國城。」

洗完了熱水澡，葆蒔才想起自己根本沒有吃晚餐，她拿出行李箱內被叮嚀一定要攜帶的泡麵煮了吃。一邊撈起冒著熱氣的軟爛麵條，一邊研究著明天的資料。

她從來都沒想過自己遠行到十幾個小時飛行距離的城市，還跑去中國城，頓時覺得有點奇妙：「不知道季永會怎麼想？」一想到這裡不自覺露出一抹苦笑。

「明天最重要的行程，就是先去咖啡館看看。」躺在床上的葆蒔，對著牆上的藍橘色艾菲爾鐵塔插畫喃喃言語，彷彿它會回應自己似的。

直至入睡前，她仍不斷地提醒著自己。

Day 4

討價還價的再見

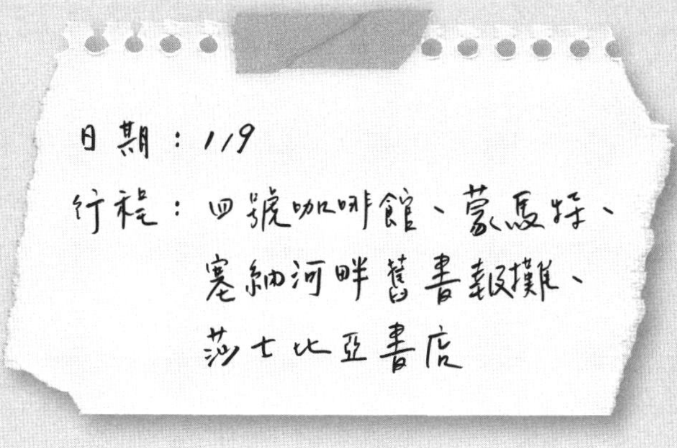

時間在他離開的那天，早就已經失去了意義。
日子仍是在走，但卻再不覺得珍貴，
無用的東西再多，都只是揮霍而已。

人只能看重已經擁有的，而不去執著來不及的。

又忘記拉上窗簾了。

葆蒔醒來睜開眼時，陽光已經灑了進來。今天的天空仍是一片清朗的藍色，在台灣很少看到這樣的藍，台北的冬天時常是多雨，像這樣讓人感覺冷冽的冬日藍很少有機會可以見到。

看了一下時間，已經快十點。一天比一天晚。

可是葆蒔不覺得急，在季永離開的時候，這趟巴黎之行早已不是令人期待的旅行遠遊了。而那些必遊、必去，現在不過行程表上的一個個標記而已，再無法被賦予更多的意涵。

又賴了一下床，葆蒔才終於起身盥洗。打開房門，就看到齊阿姨與筱遙正在廚房裡清洗碗盤，原來已經過了早餐的供餐時間了。

「Bonjour.」齊阿姨聽到開門身，轉身跟她打了招呼。

「Bonjour.」葆蒔點點頭示意。

「我幫你留了一份早餐，等下記得吃喔。」齊阿姨說。

「啊，齊阿姨不用特別幫我留的，太麻煩您了。」葆蒔沒料到齊阿姨會特地幫她留早餐，想到剛剛是否也一直在等她起床用餐？覺得很不好意思。

「順手而已，總是要吃點東西。」彷彿看穿葆蒔的心情，齊阿姨補充說：「就算是喝杯熱咖啡暖暖胃也好，身體暖了會舒服許多。」

「謝謝齊阿姨。」葆蒔趕緊道謝，迅速盥洗完後，倒了杯熱咖啡，坐在客廳的大餐桌旁吃著麵包。

「這裡還有一點沙拉，」齊阿姨把透明玻璃碗擺在桌上，在葆蒔旁邊坐下：「等下打算要去 Café Quatre？」

「對。」葆蒔用力點了頭，從包包裡抽出地圖，「我昨天已經查好位置了。」

「那就好。」齊阿姨輕輕點了點頭：「等下把餐具擺在桌上就好，難得來一趟巴黎，趕緊出去看看吧。」

葆蒔連聲道謝。

踏出巴黎十一時，已經快十一點。

先是搭了綠色的十二號線在義大利廣場（Place d'Italie）下車，接著轉搭粉紅色的七號線，只要再一站的距離就到了哥布林站。

雖然說是中國城，但不如想像中有著林立的中文字招牌，就連路上黃皮膚的人也沒有特別多，不多不少，這裡跟其他巴黎角落沒有太大的不同。

四號咖啡館並不難找，位在地鐵出口附近的巷子另一頭，大約三分鐘路程。一樣是米白色的石砌牆面，店名則是捲曲花稍的字體，字尾e繞出了一個小圈；遮雨棚是藍底繞了白邊，棚子下則是成列的黑色圓桌沿著騎樓排放。

「是不是來得太早了？」

看到咖啡館時，葆蒔稍稍愣了一下，雖然知道來這裡的目的就是要找它，但是當它毫無預警地出現在自己眼前，她感到一陣慌亂。

此時遮雨棚下方的椅腳紛紛靠在圓桌上朝外面擺放，咖啡館似乎是還沒有開始營業。

葆蒔腦筋一片空白，但卻下意識地走向咖啡館，其實她不知道該從何問起，或者說，連怎麼開口都是個問題。雖然學過一點法文，但並沒有到可以溝通聊天的程度。

葆蒔此刻才察覺到自己其實只是一股腦兒地往前衝，根本沒有認真思考過。

只能用英文了……

「葆……蒔?!」

正當葆蒔在發愣的時候，一個男聲傳了過來，並且還是喊了她的名字。

中文名字?!

葆蒔趕緊回過神來，抬頭一看，眼前站著一位東方臉孔，極短的頭髮、高挺的鼻梁，黑色領結與背心，腰上繫著服務生特有的白色圍裙，手上正抓著兩張椅子在排位。是四號咖啡館的服務生。

「你是葆蒔嗎？」服務生放下椅子，跑了過來。

「你怎麼會知道我的名字？」葆蒔一臉困惑。

「我看過你的相片，」服務生張嘴大笑：「季永給我看的。」

原來是季永提過她，聽到季永的名字，葆蒔警覺心才稍稍鬆懈下來。

「你是季永的……同事？」這是葆蒔唯一想到的合理解釋。

「算是。」服務生點了點頭，「我叫辰崴。怎麼只有你？季永呢？」

「他……已經走了。」吞吞吐吐了一下，葆蒔還是說出了實情。

「走了？」辰崴一臉困惑，好半晌才發出了驚呼：「你是說死了！」

「嗯。」葆蒔點了點頭。

「怎麼會！發生了什麼事？」辰崴睜大眼急問。

葆蒔只是低著頭不說話。

「怎麼會這樣。」辰崴沮喪地垂下肩膀，看起來難過又震驚：「明明好好的啊。」

「我也這樣以為。」葆蒔苦笑著。這句話她問過自己無數次。

「什麼時候的事？」

「三十一天前。」葆蒔準確地說出數字。

她仍在數日子。

「那不就是前陣子而已？」

「嗯。」葆蒔再次苦笑。

「真不夠意思……」辰崴緊皺著眉頭，接著又突然抬起頭說：「啊，我現在正在上班，你晚上有事嗎？六點後我休息，時間比較長，要不要一起吃個飯？可以聊比較久。」

葆蒔想起剛剛辰崴手上抓著兩張椅子，原來是咖啡館剛準備要開始營業，正在整理位子。

「好，那我晚點再回來。」葆蒔點點頭答應。

「六點見喔。」

辰崴突然用臉頰碰了葆蒔道再見，嚇了她一跳。葆蒔始終不習慣這樣的禮儀。

還有大半天的空檔，葆蒔踱步走回地鐵站，心理盤算著往另一個方向去。七號線轉藍色二號線，葆蒔在布蘭修站（Blanche）下了車。

這個區域在巴黎的北邊：蒙馬特。一從地下出來就看到了紅磨坊著名的紅色風車聳立在眼前，四片紅色的風車葉片靜止不動，像是一個巨大的模型玩具。

她跟季永看的第一部電影裡的場景：《艾蜜莉的異想世界》裡女主角工作的咖啡館，就在蒙馬特。

這幾年風行起一陣戶外市集風，各地紛紛都辦起了相關的活動，只要是有綠地的地方都可以，從市中心的公園到河濱皆是。而那次華山正好舉辦了「春天巴黎市集」活動，白天是巴黎市集，晚上則在草地上架起了大銀幕，搖身一變成了露天電影院播放法國電影。

一聽到巴黎，季永眼睛都亮了，他拿著宣傳單興高采烈地問著她要不要去？那個週末剛好播映的電影就是《艾蜜莉的異想世界》。

吃過晚餐後，兩人牽著手緩緩散步到華山。抵達時，已經有許多以三三兩兩為單位的人群聚集著，並隨處散落各自佔據一個位置，或躺或坐，好不愜意。

正當葆蒔煩惱著是否該直接席地而坐時，便看見季永從背包裡拿出了一張大的野餐墊，「果然很像季永的作風，仔細謹慎。」葆蒔看著季永俐落地鋪著野餐墊時，不由得這樣想。

交往第三個月，不僅僅是更加理解他，並且開始對於他許多不同於自己的行為懷抱著微微暖意。

每次看到季永認真的模樣，就會有股溫柔從葆蒔的胸口湧出。後來她才發現，這原來是一種對季永的回應。她認同他了。

雖然偶爾葆蒔也會覺得季永是塊木頭，根本不懂得什麼是浪漫，跟他討論玫瑰花，他會告訴你玫瑰產地的故事。他並非是不解風情，而是他對人好的方式也是腳踏實地，一碗湯、一杯茶，或是一張方正的大野餐墊。

那種不明顯的、無法言語卻極其重要的被關照著的感受，一種被人確確實實擺在心上頭的體會。葆蒔就是在他身上發現，自己以前的戀愛不過都是小孩子的家家酒。

是季永讓她知道，被一個人認真地在乎著是怎麼一回事。

四月天，不熱不冷的天氣，剛剛好。他們坐在草地上，她的頭輕輕靠在右邊的他肩上，看著暈黃色調的法國電影，被裡頭奇想與歡樂的情節逗得哈哈大笑，季永認真地盯著銀幕看，沒有察覺到她偶爾會偷偷凝視他的側臉。鼻腔傳來青草特有的香味，還有胸口微微起伏的暖意。

當時葆蒔微微仰起頭凝望著他的側臉，就像現在仰望紅色磨坊風車一樣。

「電影裡那間咖啡館真實存在喔。」電影結束後，季永這樣跟她說。

「真的嗎？我以為是電影場景。」

「是真的，我有去過。」季永以一貫認真的口吻說話，然後唇齒間發出幾個軟喃的法文單字，像是睡前的晚安曲一樣：「Café des Deux Moulins，雙磨坊咖啡館。就在蒙馬特的一條小斜坡道路上，那是一條充滿巴黎日常感的道路，上頭有許多的咖啡館與食品肉鋪店。」

那條季永口中的巴黎日常道路，此刻就在葆蒔眼前：勒皮克街（Rue Lepic），就緊鄰著紅磨坊，長長的單行道以和緩傾斜的角度向上延伸著，上頭鋪滿了石頭，兩側是三到五層樓高的房子，淺米白色的牆面，盡頭是一棟有著灰藍色屋頂的房子。

沒有太多的觀光客喧囂以及相機時時刻刻對準某處的焦慮，紀念禮品店也很少，最多的是雜貨店與熟食店，葆蒔此刻突然懂了季永所說的「巴黎日常感」是什麼了。

葆蒔順著道路往上走，冷空氣觸碰著臉龐，這幾天下來逐漸習慣了這樣的溫度，已經開始能真正感受這樣的氣候。台北的冬季以多雨著稱，雖然巴黎並沒有想像中乾燥，但幸好總是遇到好天氣，這讓葆蒔感激不已。

悲傷的時候，要是還遇到雨天就太慘了。

曾聽有人說過：「傷心的時候最適合雨天，彷彿全世界都在陪著你哭泣。」對葆蒔來說卻不是這樣，下雨的時候，她反而掉不出眼淚，因為傾盆而下的雨水更像是將她的傷心也給消耗掉了。

眼淚是有額度的，天空哭了，她就失去了悲傷的權利。

葆蒔並沒有刻意尋找雙磨坊咖啡館的蹤影，只是沿著和緩的斜坡往上走，一個不經意，它就出現在眼前。

紅色的招牌以圓弧形緊貼在二樓轉角處的位置，黃色霓虹燈管花稍地纏繞出店名，那種無法一眼辨識出來的字體，順著延伸下來的遮陽棚同樣招搖著赤紅，就連窗台門扉也是紅色，很典型的巴黎咖啡館味道。

「Café des Deux Moulins.」葆蒔彷彿又聽到了季永吐出這幾個單字的聲音。探了一下頭，店裡牆上懸掛著電影海報，上頭的奧黛莉・朵杜睜著慧黠的大眼，空氣中混合著咖啡熱氣與香菸的氣息。咖啡廳裡人潮洶湧，葆蒔打消了進去點一杯艾蜜莉最喜歡的焦糖布丁的念頭。

再往上走，順著蒙馬特這裡特有的丘陵地形，在屋頂與屋頂中間、樹蔭與牆面之間，可以看見一抹白色的身影：聖心堂。蒙馬特的地標，巴黎的制高點。

十九世紀時，這裡是許多藝術家聚集的區域，包含畢卡索、馬蒂斯、雷諾瓦，就連昨天在奧賽博物館看過的〈隆河上的星夜〉的梵谷都居住過這裡。

知道自己漸漸靠近聖心堂，是因為人潮逐漸遞增，道路兩旁的紀念品店面也開始一間接著一間比鄰而居，這是全世界共通的偵測雷達。

拐個彎，聖心堂就展現在眼前了。

遠看的時候沒感覺，但近在眼前時立刻就能感受到它的壯觀。葆蒔仰起頭凝視著，因為角度的關係，已經看不到巨大的穹頂了，只有厚重沉甸甸的石灰華岩佔滿視線。

「原來也不是真的白色。」葆蒔在心裡想著，一直以來都以為聖心堂是純淨的白色，但靠近才發現比較像米灰色，上頭還有石頭本身的紋理。

或許我們以為的完美，其實都包含著一些缺陷。缺陷也是完美的一部分，跟人生一樣，圓滿不是指擁有了所有，而是學會珍惜擁有。

只是葆蒔仍會不時想起，要是能跟季永再有更多一點的時間就好了，他們還有好多可以經歷的事沒有一起。

她跟著人潮走進聖心堂。說來奇異，當經過聖女貞德雕像底下的拱門進到教堂內時，周圍立刻就靜默了。雖然周圍依舊充斥著觀光人潮，但教堂中殿的長椅上仍錯落著幾位專心一至禱告的人，絲毫不受干擾。

葆蒔挑了一個角落坐下，正前方聖壇上面是金碧輝煌的巨大基督聖像鑲嵌畫，畫作在光線照耀下閃耀著光芒，一瞬間像極了黃昏時刻跳躍的水面波光。

她緩緩抬起頭尋找光源處，發現是來自穹頂。整座教堂內部的光源主要是仰賴那張巨大的圓形穹頂上的一扇扇小窗，就像是花冠圍繞著帽簷一般，一朵朵的花蕊綻放著。

「哥德式建築有許多拔高的尖塔，示意著接近上帝；而拜占庭式則是不斷向上延伸的圓弧形，對我來說就像是宇宙。」

葆蒔又記起了季永說過的話，這兩年她在他身上學到了之前二十幾年都不知道的建築相關知識。

教堂中靜謐的氣氛能給人一種難以言喻的安慰，葆蒔忍不住在裡頭多待了一下。即使來到巴黎，一個全然陌生的異地，然而這些日子發呆的習慣依舊沒有收斂的跡象。

不知道呆坐了多久的時間，葆蒔才終於起身步出教堂。

先是感受到了風，方才在教堂內空氣是凝結的，但一靠近門口就可以感受到風從外面往內衝的氣勢，加上氣溫，葆蒔忍不住打了個哆嗦，接著，白晃晃的陽光立刻迎面而來。花了幾秒的時間葆蒔才適應光線，跟著也看到了聖心堂外一片遼闊的巴黎街景。

幾乎就像是一幅印象派畫。各式各樣不同色階的白色層層疊疊按壓出城市的風景，加了一點的灰、一點的米色，或是靛藍，輪廓不是那麼強烈、線條也不那麼銳利，彷彿加了柔光的濾鏡一般溫和，雲輕輕地擺在屋頂上緣。

這是葆蒔沒有想過的情景，她對巴黎的一切想像與預設，都不包含眼前這幾乎可以療癒人心的畫面。順著聖心堂前高聳的台階往下走往地鐵站時，她忍不住頻頻張望。

再次回神是列車廣播傳來抵達夏特雷站（Châtelet）的聲音，葆蒔忘了自己是怎麼抵達月台、更記不得選了往哪個方向的列車。不過她記得夏特雷這個單字，第一天來的時候就是在夏特雷—大堂站換車，思考了兩秒，趁車門即將關上之際，葆蒔跳下了車。

只要出發了，總會抵達一個地方。

葆蒔跟著人潮最多的方向跟著出站，雖然現在不知道在哪裡，但總會的，總會有一個終點的。儘管不知道要花費多少時間，但她現在最不缺的也是時間。

時間在季永離開的那天，早就已經失去意義了。日子仍是在走，但卻再不覺得珍貴，無用的東西再多，都只是揮霍而已。

走著、走著，葆蒔感到一陣飢餓襲來，隨意挑了家咖啡館，翻閱菜單時驚喜地發現了鹹派的存在，於是點了一份法式菠菜雞肉鹹派與一杯咖啡。這次沒有熱紅酒。

初計畫到巴黎時，她就希望可以在這裡嚐嚐道地的法式鹹派，現在終於如願。

「口感層次很多，不會單調，怎麼吃都不會膩。」當時季永這樣形容鹹派，一臉的陶醉樣，就像是小孩吃到心愛食物時的滿足神情。

現在回想起來，或許當初就是因為看到季永這樣單純的表情，她才喜歡上他的吧。

餐點是咖啡先到，之後鹹派跟著上桌。葆蒔把一口鹹派送進口中，菠菜的清爽與雞肉的甜味隨即瀰漫了整個口腔，還有咖啡的香氣。葆蒔不由得閉起眼睛感受，啊，這不就是季永當時的神情嗎？人家說情侶在一起久了，都會越來越像，果然是真的。

用完餐之後，確認了時間才三點多，距離跟辰崴的約還有一點時間。葆蒔又開始漫無目的的散著步。直到眼前景象突然開闊了起來，才發現又遇見塞納河了。只要方向對了，這座城市是離不開這條河的，蹓著蹓著就會來到她的懷抱。

塞納河畔佇立著成排的舊書報攤。

一整列墨綠色鐵箱造型的舊書報攤，營業時只要把鐵箱向上張開，頂部就成了屋簷，搖身一變成為店家；而到了晚上，它們則又變回一個個綠色盒子，靜靜佇在無聲的河畔，等待明天的到來。

蒙馬特微微起伏的小巷與不那麼華麗的房子，或是現在眼前這排舊書報攤，對葆蒔來說，其實才是她心目中巴黎該有的樣子。不只是光鮮亮麗，更多的是生活的氣味，那種經過時間積累的存在，不管是門上剝落的油漆或塗鴉，都是活著的證明。

舊書報攤上的物品多是以紙製品為主，除了書籍雜誌或舊報紙等物品外，還會有郵票、畫作與一些二手商品，同時還有少部分專門販售給觀光客的紀念品。葆蒔隨意地翻閱上頭的書報，老闆也逕自在一旁讀著報紙沒來搭理，這讓她感到自在不少。

葆蒔被一幅仿畫給吸引，那是一幅用水彩繪製的風信子小張插畫，上頭只有鉛筆勾勒的線條與層層疊疊的藍色，花球聚集成一個圓形，就像是藍色的太陽。

她拿起這一幅藍色的風信子細看，不均勻的藍，上頭的藍色是水彩暈染開的痕跡，有種手繪的質樸感。

這個藍是季永最喜歡的顏色。

●●●

「你知道我最喜歡什麼顏色嗎？」某回她跟季永在書店挑選筆記本時，他突然這樣問。

「藍色。」葆蒔邊說邊把一本米白色的筆記本擺回架上。

「你好厲害，為什麼知道？」季永睜大眼露出喜出望外的表情。

「男生之中十個有九個喜歡藍色或黑色，很好猜啊。」葆蒔倒是一臉的不置可否。

「但你還是猜了藍色。」季永嘻嘻笑笑。

「因為你很少黑色的東西，我不是猜的，是推測啦。」明明是一個高材生，但在她面前還是會展現出小孩子氣的一面。葆蒔想著就笑了。

「不管啦，這是默契，我們的默契。」季永繼續耍賴。

「好好好，你說了算，我們是命中注定。」葆蒔勾著季永的手往前走。

「那你知道是哪種藍嗎？」不死心繼續問。

「藍……？這就有點難倒我了，天空藍嗎？」

「不對，再猜。」

「灰藍色？不然就是寶藍色。」季永應該是比較喜歡成熟一點的色調，葆蒔心想。

「都不對，你三次額度用完了，那我要公布答案了……」季永露出惡作劇般的神情：「是『皇家藍』。」

「皇家藍？」葆蒔懷疑是季永瞎掰的。

「對，就是那種濃郁的藍色，但卻感覺又有點輕飄飄的那種藍。」

「你在說什麼啊？好抽象。」

「那個！」季永突然拉著她往文具區跑，接著拿起一盒四十八色的色鉛筆指著其中一枝說：「大概就是接近這個顏色。」

葆蒔被突如其來的顏色搞得眼花撩亂，貼近看才看到了季永口中所謂的「皇家藍」是什麼顏色，那是一種帶了點紫的藍色，不是加了白或黑的柔和，而是像夜裡花卉香氣般深沉卻又輕巧的顏色。

葆蒔有點懂了季永說的「那種有點濃郁的藍色，又有點輕飄飄的那種藍」是什麼意思。

「哎喔，你要多了解我啦，我是你男朋友耶。」季永嘟著嘴撒嬌。

「好啦，我記住了。」葆蒔像是哄小孩般拍了季永的額頭。

往事歷歷在目，想到這兒，葆蒔輕聲笑了出來。

那天之後，她就記住了這種藍色的名字。

好想念季永在身邊的日子。

葆蒔此時也才突然驚訝地想到，子浩替她求的平安符也是接近這個藍色，還有那個叫做「賈欣絲」的女孩子，那個以風信子為名的女孩，常見的風信子顏色也是類似這樣的藍色。

「她是否就是季永鍾情這個顏色的原因？」葆蒔此刻才想起這樣的關聯，感到一陣嫉妒。一面懷抱著疑惑與不安，猶豫幾番後，她買下了這幅仿畫明信片。

葆蒔繼續走著。

天色開始由湛藍轉為帶點金黃的顏色，溫度又低了一些，不只是臉、連手也僵了。時間是那種即使你不在意、也不配合它，但仍舊會逕自往前的東西。

突然間，一面黃色的熟悉招牌映入眼簾，是她在相片上看過無數次的「莎士比亞書店」。緊鄰著塞納河，書店的招牌是黃底黑字，只有店名 Shakespeare and

Company 的 S 是紅色，中間還有一莎士比亞的畫像；除此之外，門與窗台都是綠色，這讓葆蒔想到了剛才經過的舊書報攤。

對於喜歡文字、書籍，而且現在也身為出版社編輯的她來說，總是脫離不了書店的魔力。就是因為這樣，季永之前才會特地跟她提起這家書店。

莎士比亞書店被書填得滿滿的。

一踏進店內，葆蒔忍不住這樣想。書店裡頭佔滿許多書當然正常，只是這間小小的書店，約莫三、四十坪的空間裡，林立著一個又一個的書架，不只是架裡排列著書籍，書架上方更是堆疊了許多書，幾乎頂到天花板，而書架與書架的間隙也插入了書籍，就連走道上都佔滿了一落又一落的書本。目光所及之處充斥各式各樣的書，原本便不甚寬敞的空間更顯擁擠，人只能在裡頭小心翼翼地走著挑書。可以被書給密密包圍著，多好啊。

在這裡，書是主角，人只是點綴。莎士比亞書店裡，一排排的書架林立，在裡頭穿梭時，某一瞬間會錯覺自己像是來到了一座森林。

「純粹的書店。」葆蒔想起了季永說過的話。

莎士比亞書店早期因為資助了許多文人而聲名大噪，就連海明威也曾經受惠。葆蒔以緩慢步調悠遊在其中，她在書店的某一角發現了西蒙・波娃的書《第二性》（*Le Deuxième Sexe*），白色為主的封面上大大地印著清楚的書名，唯獨Deuxième（第二）一字刻意模糊，應該是種對於性別的隱喻吧，葆蒔心想。離開時，葆蒔決定一併把它給帶走。

再次走出門外時，天色幾乎已經全暗，只剩下天空與地平線交界的地方還隱約看得見一抹晶亮的藍色漸層，那是白天拖長的尾巴痕跡。

街燈已經亮了起來，就跟塞納河一樣，街道晚上看起來和白天有著截然不同的氣氛，同樣是橘黃色的燈光，不過打在路面上與牆上，整座城市頓時成了橘色的國度，與白天灰撲撲的感受不同。巴黎的夜晚是屬於橘色的。

想起與辰崴的約，葆蒔趕緊跳上地鐵。

菸。

再次回到哥布林站，抵達四號咖啡館時已經六點零五分，辰崴正在外頭抽著菸。

「對不起，我遲到了。」葆蒔一路從地鐵站奔跑過來。

「五分鐘，」辰崴將手上的菸捻熄，看了手錶說道：「在巴黎這樣根本稱不上遲到。」然後咧嘴淘氣地笑了，接著點了點頭示意葆蒔往右邊走。

葆蒔只能愣愣地跟上辰崴與他並肩走著。

「有想吃什麼嗎？」辰崴這樣問道：「法式？中式？」

「那個……」葆蒔猶豫了一下：「我想去季永以前常去的餐廳吃飯。」

「這樣啊……」辰崴先是定睛看了葆蒔，思考後口氣突然轉為開朗：「我知道了，跟我走吧。」

辰崴轉身朝地鐵的另一個方向去，氣溫很冷，但卻不會往骨子裡去。這樣的氣候，走很久的路都不太會流汗，步行成了一種乾爽的活動。

巴黎的冬天都是這個樣子嗎？季永喜歡的這座城市的冬天是這樣的嗎？

「會覺得巴黎的冬天很冷嗎？」就像是看穿葆蒔的思緒一樣，辰崴突然這樣提問。

「冷，但還滿舒服的。」

「第一次來巴黎？」

「對。」

「那你還滿耐冷的嘛。」辰崴笑了。

此時葆蒔才發現辰崴身上只穿著一件薄的風衣，並不像自己全身包裹得緊緊的：「你不怕冷？」

「已經習慣了。今天有出太陽，而且就在附近而已，擋擋風夠了。」辰崴聳了聳肩，一派輕鬆：「喜歡巴黎嗎？」

「喜歡。」

「來過巴黎的人一般會很兩極，要麼很喜歡，不然就是大幻滅。」辰崴說：

「不過幻滅也是另一種喜歡的形式。不先喜歡怎麼幻滅。」

「可能因為我對於巴黎沒有什麼過多的設想吧，所以只是接收著。」

辰崴點了點頭，又問：「來幾天了呢？」

「第三天，前天到的。」

「剛到而已嘛，那你過幾天再回答我剛剛的問題好了，答案可能會不一樣。」辰崴邊說著眼裡透露出戲謔。

葆蒔只是低下頭走著。

「預計待幾天？」

「五天，後天就走。」

「這麼短？」

「嗯，因為我跟季永的假都有限，所以才會安排這麼短的假期。」葆蒔把「反正以後還有的是機會」這句話留在嘴裡。

「喔，原本是打算跟季永一起來的。」辰崴點了點頭沒再多說什麼。

拐個彎，餐廳到了。

「到了。」辰崴指著前方一間看起來人聲鼎沸的店家說，紅色的招牌上頭寫著「Pho」。

「Pho……？越南河粉……?!」

「賓果，你猜對了。」辰崴眨了一下眼。此時葆蒔才察覺自己把心裡頭想的話給說了出來。「可以嗎？」

「嗯？」葆蒔呆了一下，隨即懂了辰崴是在問自己是否要吃河粉：「沒問題。」

「那進去吧。」

餐廳不大，只有幾張桌子，裝潢很簡單，白色的牆面上頭掛著幾幅越南的風景照，還有就是五顏六色的菜單，除了法文外，也有中文字。店內生意依舊興隆，他們運氣很好，剛好剩一個空桌。

「牛肉河粉。」辰崴不看菜單直接就點了餐，連服務生都會說中文。

「我也一樣。」葆蒔看著周圍許多東方臉孔，加上剛才的中文，讓她有種此時置身在台灣的錯覺。她從來沒有想過自己到了歐洲這塊土地，竟然會有機會再看到中文字。

「這是我跟季永最常來的餐廳，便宜又好吃。」

「我沒想到季永喜歡吃河粉，沒聽他說過。」

「可能也不是喜歡河粉，而是喜歡熱湯，喜歡那種鹹甜的東方口味吧。」辰崴口吻像是老學究：「味覺是最思鄉的感官了。」

味覺……思鄉……？葆蒔思索著辰崴的話，對於第一次出國的自己來說，還無法深刻體會這樣的感受。但她知道記憶是怎麼一回事，就如同她為何會踏上這趟旅程、為何會忍不住就嘆氣一樣。

「或許，味覺也是有記憶的吧。」

聽到葆蒔的話，辰崴思考了一下，隨即用力點頭認同：「對，味覺是有記憶能力的東西。」

河粉送了上來，上頭的牛肉是生的，因為滾燙的熱湯才燙熟，呈現粉紅色澤，湯頭則是清澈的淺淺醬油褐色調。隨著河粉還附上一瓣檸檬與九層塔、洋蔥、辣椒等配料擺在小盤裡，供客人依照自己口味添加。吃法跟台灣一模一樣。

才到巴黎幾天，葆蒔並沒有那種離家已久的情緒反芻。她的家始終都在季永那裡。不過伴隨混合著香氣與熱度而裊裊升起的水氣，在低溫下葆蒔仍舊感覺到被撫慰了。

「這很好吃。」嚐了一口，葆蒔便發出了讚美。

「就是說吧，可不是只有思鄉。」辰崴把所有的佐料統統撥到河粉裡頭：「這家河粉可是巴黎的名店。」

「真的嗎？」

「你今天去了哪兒呢？」辰崴點了點頭後又繼續問道，一邊把辣椒撥到碗裡，原本淺色的湯頓時鮮豔了起來。

「去了蒙馬特，還有莎士比亞書店。」

「蒙馬特治安比較差，晚上你不要去喔。」辰崴邊大口吃著河粉邊說。

「嗯，季永有講過這件事。」葆蒔點了點頭，感受著熱湯緩緩溫暖著胃部，接著問：「你跟季永很熟嗎？」

「還不錯，我們認識很久了。」

「很久？」葆蒔疑惑地看著辰崴，季永到巴黎讀書不過才兩年的時間而已。

「對啊，我們是高中學長弟。認識也快十年了吧。」

對於辰崴的回答，葆蒔感到驚訝不已，季永沒有說過辰崴這個名字，因此當齊阿姨說起時，直覺以為是在巴黎認識的。

季永還有多少自己不知道的事情呢？

「從來都沒有聽季永提起過……」

「喔，大概是因為沒有什麼特別需要講的吧。」辰崴只是聳了聳肩不在意：「我們大學讀不同學校，中間有段時間比較少聯繫，不過交情還算是不錯。」

「原來是這樣。」

「就連我現在咖啡館打工的工作，也都是接替季永的位置。」

「所以你跟季永共事的時間不長？」葆蒔問道。

「大概幾個月的時間而已，四個月吧。」辰崴回想了一下：「那時候是冬天，啊，跟現在一樣是一月。因為再過幾個月季永就要畢業回台灣，所以問了我要不要來打工，接替他的工作？巴黎開銷很大，所以我一口答應了。沒想到一做竟也待三年。」

「三年？」葆蒔疑惑著。

「因為我先來讀了一年的語言學校啦。」看出了葆蒔的疑惑，辰崴這樣回答：「沒有幾個人像季永這麼厲害，可以立刻跟上學校的進度。」

「季永是很厲害沒錯。」葆蒔微笑點了點頭。

「他超厲害的，不僅功課好，連桃花都旺，羨慕死了。」

「很多人喜歡季永嗎？」辰崴的話，讓葆蒔挑起了好奇的眉毛。

他此刻所說的話，在在提醒了葆蒔，對季永還有好多未知，還有許多關於他的事物等著要用時間去慢慢地發掘，不只是賈欣絲，還有更多以前的故事……

「超多學妹喜歡他的好嗎，會讀書、性格又好。」

「他交過很多女朋友？」

「我好像講了不該講的話了。」雖然嘴裡這樣說，但辰崴還是笑笑的：「沒有啦，是有一、兩個，但不多。季永不是那種花花公子類型，他是那種很認真的人，正因為這樣才有更多女生喜歡吧。」

季永的青春歲月，有好多自己來不及知道的事。

葆蒔忍不住心抽痛了一下：為什麼不能再給他們多一點時間？只要季永再活更久一點，這些話都會是由他自己來告訴她。那些未曾經歷的，她都想與季永一起，但現在的她卻一點機會都沒有了。

時間沒有等他們。

「我發現關於季永的過去我知道得好少……」葆蒔語氣有濃濃的哀傷。

辰崴感受到葆蒔的低落，給了她一抹安慰的微笑。

「那……你知道他的前女友嗎？」沉默幾秒後，葆蒔終於鼓起勇氣開口詢問。

「Alice 嗎？」

「她在巴黎嗎？」葆蒔感覺自己心跳頓時漏了一拍。

「巴黎？應該在台灣吧，她來巴黎幹嘛？」辰崴一頭霧水。

「她不是季永在巴黎念書時的女朋友嗎？」

「不是啦，她是季永大學時的女友，但好像在大三那年分手了，之後就是你啦。」

「這樣啊。」葆蒔難掩口氣裡的失落：「他在巴黎時沒有女朋友嗎？」

「沒聽說耶。」辰崴聳了聳肩。

此時葆蒔才突然驚覺了一個可能，或許賈欣絲是季永特別想要保護的人，因為看重，所以才把她隱藏了起來。想到這兒，她感到嫉妒不已。

「啊，」辰崴停頓了一下，又補充：「不過我們有幾個人，偶爾會聚在一起吃飯，通常是在某個人家煮火鍋，類似什麼巴黎海外社團之類。」

「幾個人……」聽到這句話，葆蒔立刻就聯想到，賈欣絲會不會就是裡面的其中一個人？「那你認識一個叫賈欣絲的女生嗎？一個法國女生？」

「賈欣絲……」辰崴瞇著眼回想，卻對這個名字感到陌生。

葆蒔用力點了點頭。

「沒有印象。」

「喔。」葆蒔沮喪地垂下肩膀。

「找她做什麼呢？」

「聽說她是季永在巴黎讀書時，喜歡的女生。」

「原來是這樣啊，不過我比他晚一年到巴黎，會不會是第一年發生的事？沒聽季永提起過這個名字。」

「我唯一的線索只有那個名字。」

「不過……」辰崴像是記憶起什麼。

「嗯？」

「朋友群裡倒是有個女生跟季永滿要好，一個叫『Céline』的女生，中文名是『邵楓』，是『楓葉』的『楓』，一樣是從台北過來讀書的。但我很久沒碰到她了。」

葆蒔睜大了眼，會不會一直以來都是自己搞錯了？是她跟子浩設定了賈欣絲是法國人？但季永從來都沒有這樣說過。

被遮掩起來的祕密。

季永用對方名字「楓」這個字讀音，延伸出了另一個名字，然後再轉換成法文名字。就像是小時候會因為擔心自己的祕密被發現，刻意取了一個只有自己會知道的名稱一樣。也就像是密碼，那串阿拉伯數字其實都只有對當事人有意義，外人根本無解。

「她是長頭髮嗎？」葆蒔急急地問。

「是長髮，怎麼了嗎？」對於葆蒔突然的急迫，辰崴嚇了一跳。

「抱歉，是這樣的，我聽說那個女生有一頭的長髮。」發現辰崴的疑惑，葆蒔趕緊解釋。

「是這樣啊，但也不一定就是邵楓，名字不一樣。」

「可能不是她，但也可能是……」破滅的希望再次燃起一絲火光，葆蒔熱切問著辰崴：「她還在巴黎嗎？那個叫邵楓的女生，可以將她的聯繫方式給我嗎？」

「這……」辰崴一臉為難。

「怎麼了嗎？」

「不然我先聯繫一下邵楓，她同意後，再把聯絡方式給你，這樣如何？」

「啊，好，當然、當然。」葆蒔這才明白的辰崴的為難。

葆蒔把自己的聯絡方式給了辰崴，他允諾今天一定會詢問邵楓。

用完餐之後，兩個人並肩往回走，景色沒有太大的不同，一樣是橘黃色的燈光、光禿禿的行道樹，還有氣溫冷涼緊貼著皮膚的感覺。光影隨著移動的步伐忽明忽滅。

「啊，我有個東西要給你。」臨別時，辰崴像是想起什麼麼似的，突然開口說：「你等我一下。」

便轉身跑進四號咖啡館，不一會兒又跑了出來，此時手上多了一樣東西。

「這個給你。」

葆蒔低頭一看，是一個黑色的領結。

「這是季永當時在咖啡館打工時使用的領結，他留下來的。」辰崴說：「你剛剛在感嘆沒有更多時間可以參與季永的過去，現在你有了。這裡面有兩年的季永。」

葆蒔情緒有點激動，用微微顫抖的手接過領結，感到眼眶一陣溫熱。

「它是屬於你的時間了。」

「謝謝你。」面對辰崴的體貼，葆蒔感動不已。

「那個，我有去問了朋友。」辰崴再度開口，語氣明顯與剛剛不同。

「嗯？」

葆蒔回頭望著辰崴，街燈灑在他的臉上刻畫出輪廓線，神情是哀傷且同情，她立即明白了他所指的是什麼。這一百多個日子以來，她最常看見的表情。

「就那個啊……」

「急性骨髓性白血病。」葆蒔輕輕點了點頭。

「抱歉，我不太會安慰人，不過啊……」辰崴害羞地摸了摸後腦杓：「我想起季永都是好的事，不管是高中、大學，或是在巴黎的咖啡館打工，我都不會忘記的。希望你也可以多記得季永的好，這樣就不會那麼難過了。」

有時候葆蒔會覺得，是不是有人偷偷將時針給撥快了？如果是的話，是不是可以停在半年前？在那個季永還沒生病的時間把速度給慢撥。給他們多一點的時間，讓她可以跟季永多相處，多知道關於他的過去，以及再多經歷一些未來。

每個人都有自己痊癒的方法，每個人也都有自己悲傷的方式。

在這段把日子翻來覆去的時間，她深刻感受到了這件事，傷心的人是無法被安慰的，因為心碎不是一種傷口，它更像是時間裡的一種空缺。

失去是一種如何也填補不了的遺憾，你只能把眼淚往裡頭灌。

然而辰崴此刻的話，卻提醒了她一直以來忽略的，但卻最該珍惜的是什麼。人只能看重已經擁有的，而不去執著來不及的。

「反正你知道我在哪裡工作，我是逃不掉啦。」辰崴立刻又恢復一臉的嬉皮笑臉，迅速用臉頰碰了葆蒔的臉並揮了揮手道再見：「隨時可以來找我聊天。」

「嗯。」葆蒔也回報於揮手。

目送辰崴離開之後，葆蒔也才意識到，雖然辰崴說了很多關於季永的事，但他們聊天的方式都是一種以過去式為基礎在交談著，專屬於逝去的人的特殊文法。

搭乘地鐵回巴黎十一的路上，葆蒔不斷地拿出手機檢視，深怕錯過辰崴傳來的訊息。自己後天就要離開，若要見面也只剩明天的機會而已。

她真的很想跟邵楓見上一面。

獨自一個人在陌生的城市穿梭來去，找路或是在地鐵站上上下下，讓她產生了強烈的生活感，有種自己不是來旅行的錯覺。搭乘地鐵的時候，她總是看著周圍的人，不是出於緊張或防衛，而是試圖尋找與季永的連結，試圖模擬季永在這座城市生活的姿態。

每每這樣去思考，葆蒔便不再覺得自己是一個人來旅行。

轉了兩次車之後，葆蒔回到巴黎十一。進到房內卸下外套後，再次檢查手機，裡頭已經躺了一封訊息通知。葆蒔迅速點開，果然是辰崴傳來的。

葆蒔，

我聯絡上邵楓了，她也想知道季永發生了什麼事，明天下午她有個空檔，想跟你約三點在三號線的布魯斯站（Bourse）碰面，不知道你方不方便？我附上她的聯繫方式，邵楓說你直接聯繫她就可以。

記得要開心。

我也很想念季永。

晚安。

辰歲

幾乎沒有任何思索，葆菁迅速傳了訊息給邵楓答應赴約，並跟辰歲道謝。三分鐘後，幾乎同時間傳來兩封訊息。一則是辰歲的回覆，另一則是來自邵楓。

葆蒔你好，

我是邵楓，給你一張我的相片，這樣你才找得到我。明天見。

Céline

葆蒔感覺到自己的全身在輕微地顫抖著、心臟劇烈跳動。

她用發著抖的雙手點開相片，是一個濃眉大眼與皮膚白皙的女孩，淺淺笑著，看起來活潑開朗，跟自己是不太一樣的類型。不過卻是短髮……?!辰崴不是說長髮嗎？難道是最近剪掉了？

葆蒔有許多疑惑，但最多的仍是與季永有關，而這所有的解答，只要等到明天與邵楓碰到面就能夠揭曉了。這也是自從季永離開後，她第一次期待明天。

盥洗完躺在床上時，葆蒔再次點開邵楓的相片端看，隱隱覺得自己有些嫉妒相片裡的這個女孩。

「好漂亮的女生，比自己漂亮上許多，對不對？」葆蒔對著牆上那幅藍橘色的艾菲爾鐵塔插畫說話。這幾天來，她已經養成每天看它入睡的習慣了，就像是在陪伴著她一樣。

「希望明天趕快到來。」這是葆蒔進入夢鄉前的最後一個念頭。

Day 5

道別的手勢像藍色

日期：1/10

行程：空中花園、薇薇安拱廊街、
艾菲爾鐵塔

被留下的戀人無法遠走，
無論到哪裡都是一場原地徘徊，
所謂的遠方，不過只是沒有他的地方。
所有的再見，都像是永無休止的重播。

今天葆菂起得較早。
或許是因為期待的關係，不同於前兩天睡得晚，今天八點不到就醒了。時間還早，葆菂靜靜地躺在床上發呆，看著陽光從窗簾底下透出，還有樹枝投射過來的斑駁陰影。今天看來也是個好天氣。門外傳來一些交談的聲音，想必齊阿姨與筱遙又開始忙著準備早餐。

轉了頭，床頭對面牆上那幅藍橘交錯的艾菲爾鐵塔畫作再次映入眼簾，陽光下的畫作與夜晚感受不太一樣。葆蒔靜靜地凝視牆上的艾菲爾鐵塔發著呆。

說來不可思議，不過才來巴黎幾天的時間而已，葆蒔卻覺得已經待上了好長一段時間。她並沒有去很多景點，許多時候更只是隨意地走而已，可是全然沒有陌生的感受，那種第一次出國、初到陌生之地的慌張與無所適從，她都沒有感受到。或許是不管是筱遙、齊阿姨，甚至是昨天碰面的辰崴，都體貼照顧著她的關係。

不過今天即將與邵楓的碰面，讓她感到一點緊張。

「她是個怎樣的人呢？」葆蒔對著艾菲爾鐵塔插畫喃喃自語起來。

因為得知季永的另一個「她」的存在太過突然，因此，葆蒔從來都沒有在心裡描繪過她的具體樣子，就連昨天看到相片時，也能夠客觀地評斷，只有近乎「原來她是長這樣」的感想而已。

可即便如此，她仍是清楚知道自己隱隱在妒忌著賈欣絲，甚至懷抱著一點敵意，因為她擁有了自己所不知道的季永。而季永也對自己隱瞞了她的存在。

自從季永生病之後，她努力讓自己過得好，不管是工作或是生活，都在軌道上行進著。這點並不容易，外人沒有察覺她有多努力。她大可以毫不掩飾地哭泣、消極萎靡，這樣還比較簡單一些。只是，她總是會想到季永，只要一想到他，自己就會打起精神。

季永是一張釘在冰箱上的便條紙，不總是看到，但卻時常提醒。

不過自從知道賈欣絲的存在後，她的心情便起了一點變化，葆莳不知道今天的碰面結果會是如何。

胡亂想了一陣子，葆莳開始感覺到身體漸漸甦醒了過來，起床盥洗後準備到客廳用早餐。還是麵包、沙拉、水果，咖啡與茶，筱遙正在沙發上翻著雜誌，齊阿姨則一邊喝著熱茶一邊讀報。

「Bonjour.」葆莳先問了早。

「Bonjour.」齊阿姨與筱遙同時抬頭看了她一眼。

「今天比較早起？一樣咖啡？」齊阿姨起身倒了杯咖啡給她。

「謝謝。」

「昨天有見到季永的同事嗎？」

「有的，謝謝齊阿姨，真是幫了大忙。」

「太好了，有問到關於賈欣絲的消息嗎？」

「嗯，」葆蒔點了點頭，啜了一口熱咖啡，身體從胃暖了起來：「辰崴有跟我提了一個女生，很有可能就是賈欣絲。」

「辰崴？」

「辰崴就是季永在咖啡館打工的同事，他也是季永的高中學弟。」

「真是太有緣分了。」

「對啊，我也這樣覺得。」

「聯繫上那個女生了嗎？」

「邵楓，她的名字是邵楓。辰崴有幫我聯繫，我跟她約了下午要碰面。」

「這樣真的太好了，了卻一樁心願，或許能夠解開謎底，你總算可以安心了。」

葆蒔微笑著點了點頭。

其實她從來沒有意識到，原來那個叫賈欣絲的女生，會成為她此趟旅行的重心之一，對她來說，來到這座季永生活了兩年的城市，本身就是一個巨大的目的了。只是當齊阿姨這樣說時，她才確切感受到這件事。

再不尋常的事，只要時間拉長了，便成了一種自然而然的反應，已經忘了是出於自願或是遷就。也像是，當傷心得太久了之後，會無法分辨是別人給不了自己想要的安慰，抑或是拒絕被安慰，甚至是自己根本不想痊癒。

「昨天還去了哪些地方？」齊阿姨問道。

「上午看了聖心堂，下午去了舊書報攤跟莎士比亞書店，好像沒什麼重點。」葆蒔略感不好意思地側了一下頭。

「以自己的步調去感受一座城市，才是最好的旅行方式。」齊阿姨了然地笑了：「下午除了跟邵楓碰面之外，還計畫去哪兒？今天也算是你在巴黎的最後一天了。」

「我想去看看艾菲爾鐵塔。」已經望著牆上那幅顏色奇異的藍橘艾菲爾鐵塔插畫好幾天了。

「回去前的確應該去看看。」齊阿姨點點頭，又說：「對了，葆蒔，你明天幾點的飛機呢？」

「下午兩點多的飛機。」

「明天剛好巴士底市集有開，早上你要不要先陪我去逛一下市場？感受一下巴黎的菜市場風情？」

「市集？好啊，我想去。」葆蒔略顯興奮地點了點頭：「我一直很想逛逛歐洲的市集。」

「那就這麼說定了，好久沒有人陪我買菜了，約八點好嗎？」

「好，沒問題。謝謝齊阿姨。」葆蒔道著謝，同時已經用完餐的她開始收拾起杯碗。

「不客氣。」齊阿姨同樣和藹的神情：「杯碗擺著就好，我也要收拾了，一起整理就好。」

「這樣不好意思。」

「沒關係的。」

「那就麻煩齊阿姨了，謝謝。」用完餐的葆蒔將端起的杯碗再次放下。

「對了，」像是突然又想起什麼事，齊阿姨又開口說：「前天跟你提過的那個季永的祕密基地，就在附近而已，你想去看看嗎？」

「要，當然要。」葆蒔用力點了點頭。她來這裡的目的，就是為了看看季永以前生活過的地方。

葆蒔拿出大地圖攤在桌上，齊阿姨在距離民族廣場約兩站之外的地方畫了一條長長的紅線：「這裡，『Promenade Plantée』，中文應該叫『空中花園』吧。

它也連接到巴士底站，從那邊過去比較方便。」她說著，同時把地鐵巴士底站給圈了起來。

「謝謝齊阿姨。」葆蒔仔細端詳著地圖。

「雖然來的天數不長，但時間還是過得太快了。」齊阿姨突然感嘆。

「是太快了……」葆蒔把視線轉向窗外，明亮的透明玻璃外看到對街人家正在窗旁抽著菸，裊裊升起的白煙就跟天冷時嘴巴呼出的氣體一樣。

葆蒔出門前，齊阿姨再次提醒了明天要一起去逛菜市場的約。

巴士底站只隔著三個站的距離。

出站後，隨即看到著名的七月柱聳立在眼前，淺藍色的銅鑄柱身與天空融為一體，最頂端則是象徵和平的黃金自由女神像。空中花園位在巴士底廣場的後方，順著直走不消幾分鐘的時間，便看到一條長長的紅磚造型長廊高架橋出現在前方。

「此處原本是廢棄的鐵道，後來經過改建成為上下兩層的長廊，上層是供人散步的綠蔭花園，而下層各跨距拱橋空間則繞成了半圓的弧形隔成了一間間店面。」來的路上葆蒔在網路查到的資料這樣寫。

由於季節的關係，上層的空中花園是一片蕭瑟的景象，沒有夏天的綠意盎然，除了少數的矮樹叢是綠色外，就只剩下鐵鑄的拱門、柱子與公園椅是同樣色系，它們都是鏤空的線條造型。葆蒔幾乎可以想像春夏時分，這裡的景致會有多麼生氣蓬勃。

雖然沒有花草、氣溫也略低，但仍有三三兩兩的人在這裡散步、一個老爺爺坐在公園椅上悠閒地看著報紙，還有幾個慢跑的人經過，即使是在室外卻還是有種安靜的氛圍。

由於高度的關係，可以用鳥瞰的角度看著地面的人車，不論大小都成了是小指頭般尺寸而已，有種奇異的感覺。

葆蒔以一種遺忘時間的方式緩緩走著、偶爾停歇，冰冷的空氣貼著臉，一呼氣就變成白煙。她想像著當初季永在這邊散步的情形，他到這裡的時候，是懷抱著怎樣的心情呢？空中花園幾乎已經看不到鐵路的痕跡，雖然說是廢棄鐵道所改建，但若不特別說明的話，只會覺得是一處城市綠洲。

此時葆莳也才想起，去年的冬天她曾經跟季永去台東旅行三天兩夜，當時他們去了以舊鐵道聞名的台東鐵道藝術村。那是他們交往兩年期間，兩人唯一一次到外地旅行。

因為想離台北遠一點，所以選了台東。

季永笑稱這趟旅行要麼是「保送入學」，不然就是「肄業旅行」。要是旅程中沒有爭吵，那就可以安排更遠的地方，反之，回來後也可能是分手收場。旅行是情侶的期中考。

位於台東市區內的台東鐵道藝術村除了保留了舊時鐵軌之外，也將倉庫或是機關庫整理後成了展演的場所，與鄰近的鐵花村及誠品串連形成一處藝文聚落，週末會有手作市集與音樂會演出。

「是不是很漂亮？」

當時季永特地帶她參觀 275 倉庫，那是一棟只有木造梁柱而沒有牆面屋頂的建築，三角形的屋頂像是奮力頂著天空一樣有力量。

季永特別解釋它的前身原是台鐵的舊倉庫，全為木造所建造而成，原本要拆除，後來特地將木頭的倉庫本體結構保留下來作為展覽之用。由於只剩下梁柱，所以更能看清楚房舍原本的建築結構。

「好像是畫畫時還未上色的草稿。」葆蒔這樣說。

「你形容得很好，它的確是建築最原始的輪廓線。沒有樹木與過多顏色，反而可以看出建築最原本的樣子。房子的美感也是這時候最強烈。」

黃昏的光線斜斜灑下，將一根根泛白的木條在地上畫出一條條黑色影子，一瞬間有種鐵道交錯的感覺。

不遠處有座舊月台佇立在草地旁，月台上頭有個舊式燈箱造型的站牌寫著「臺東」兩個字，因為以前這裡是終點站的關係，所以站名下方顯示的前後站只有寫著「馬蘭」一站；月台旁停著幾節已經沒有使用、車身上銀下黃色的列車，因為空氣裡沒有塵埃，視線所及都是清晰飽和的色調，畫面美得像一幅畫。

「你知道嗎？台北到台東搭車要四個鐘頭耶，比飛去日本遠。」當他們沿著鐵軌漫步時，季永突然這麼說，帶了點淘氣的神情。

「嗯？什麼？」

季永把擺在口袋裡的來程車票遞給葆蒔看，綠色花紋的票面上標示著：

普悠瑪　臺北→臺東

8：50開　12：55到

「真的嗎？去日本要飛多久？」對於沒有出過國的葆蒔來說，與另一個國家的距離不是用哩程或飛行時間計算，而只是地圖上的一個點與另一個點而已。

「大概三個鐘頭就可以飛到大阪了。」跟葆蒔不同，大學期間季永就已經去過幾個國家旅行。

「原來這麼近？每次提到搭飛機出國，我都覺得是很遙遠的地方。」

「那下次我們出國玩？」

「看來是保送入學了，」葆蒔笑著說：「好啊，去哪裡？」

「巴黎。」

「巴黎？你讀書的地方？」

「我想帶你去看看冬天的巴黎。」

「冬天？」

「對，比起夏天，我覺得巴黎更適合冬天。夏天太歡愉了，到處都是觀光客，雖然冬天既蕭瑟又冷，但卻有種沉穩安靜的感受。那時候才覺得巴黎甦醒了過來。」季永陷進回憶中：「在巴黎度過第一年冬天時，我第一次發現即使是樹葉都掉光了、街道光禿禿的一片，但原來能有這麼多層次。細細的枝椏往天空伸展，像是在天上織了一片網。」

「我們下個冬天去吧。」彷彿看到季永所描繪的情景，葆蒔立刻就答應。

「好，我來計畫。」季永笑得一臉燦爛：「不是說好要帶你去西蒙・波娃最常去的咖啡館發呆？」

「真的嗎？真的嗎？太棒了。」沒想到季永還記得四年前他說過的這句話，葆蒔掩飾不住興奮之情。

夜色降臨，天空由原本的藍黃漸層顏色，變成了只剩下靠近地平線的地方有一絲絲光亮，街燈比星星先亮了起來。

夜晚的鐵花村比白天更加熱鬧，熱鬧的音樂聲吸引了人潮聚集，外圍處有上百個彩繪熱氣球燈飾懸掛在空中，點亮夜空。從遠處走過來時，點點的燈光或高或低、或遠或近，串連起一條無限蔓延的彎曲弧線，就像是科幻電影裡會見到的長長的銀河軌道；再走近一點，七彩繽紛的燈飾則像是在黑夜裡跳動的精靈，多了分奇異的魔幻感。

「好美，想不到台東有這麼漂亮的地方。」葆蒔忍不住發自內心讚歎著。

季永拉著葆蒔的手穿梭在這一片魔幻的景色中，兩個人沒再多說什麼話，緩緩地漫步在燈海當中。當時葆蒔的心中感受到前所未有的幸福，甚至覺得這些綿延不絕的燈光是一種指引，會領著他們走向未來。

那是季永首次提到兩個人一起去巴黎的事。

在那天之後，季永便時常問葆蒔「想不想去那裡？」「想不想去這裡？」開始認真規畫起行程。因為兩個人工作都才滿兩年，不僅假期不夠，預算也有限制，討論後共同決定以一週為限。

一直到了五月的某天，季永興致勃勃地跟葆蒔要了護照資料，接著隔天便宣布機票已經訂好了，那時葆蒔才有種「真的要去了啊」的真實感，內心也開始期待著。

只是無常先來。

當時葆蒔絲毫都沒有覺得，那次台東的旅行將會是兩個人唯一的一次出遠門，她一直以為它會是個開端，就像是無限延長的銀河軌道一樣，現在不過是個起點罷了。可是其實卻是個句點，如同這裡是舊時的臺東站一樣。

第一成了唯一，也成日後憑弔的珍貴。他們的保送入學，等不到新的學期。後來葆蒔想起這件事時，都覺得好可惜，怎麼沒有與季永多出去旅行？總想著以後有的是機會、再等更有餘裕時……怎麼也沒想到以後是沒有後來，來日方長是今日成了昨日，而此刻她一個人身在巴黎。

* * *

全長四．五公里的空中花園，葆蒔沒有走完全程的打算，但也沒有預計要走多久，她打算等一個停止的念頭發生，這個念頭沒有一定的時間表、也沒有規則，可能是一個畫面、一個聲響，或是一道風的暗示，好讓她停止。

而那個暗示是與邵楓的約定，葆蒔起身往地鐵站的方向走。

上了地鐵後，葆蒔再次點開邵楓的相片，一樣是笑容可掬的模樣。

在轟隆隆的地鐵上，葆蒔的心跳也跟著益發劇烈起來，一瞬間，她再次察覺到了自己的魯莽。

千里迢迢飛到巴黎，只憑著出發前一條薄弱的線索開始探詢，壓根兒沒有仔細想過，若是真找到了賈欣絲該說些什麼？抑或是會不會有自己無法面對的情況發生？然而她太迫切地想從另一個人身上得到回饋，因此忘了衡量結果可能自己承擔不起。

又或者是否在她的潛意識裡覺得：最壞不過如此而已，季永已經不在了，所以再沒有什麼可以失去？因而恣意妄為。

而在裡頭所有最糟的結果是，若一切都只是一場誤會呢？葆蒔此時終於意識到這個可能性並不小。可事到如今，也只能硬著頭皮往前走了。

巴黎的地鐵站裡總是昏暗，不若台北捷運的明亮寬敞，空氣也常常是窒悶的，車廂行進會發出巨大的轟隆聲響，但聲音越是響亮越會教人覺得像是默片。就因為聲音太多了，最後耳朵反而進不去任何一個聲音。無聲的黑白電影。

布魯斯站出口是一棟壯觀宏偉的建築，正面是一整排的科林斯列柱廊。這座城市隨便走都會遇到上百年的古蹟，葆蒔原本以為自己多少有點習慣這件事了，但仍是愣了一下，對著它發呆了幾秒。

「那棟建築是『巴黎證券交易所』（Palais Brongniart）。」一個清亮的女聲傳來。

一樣是中文，葆蒔轉頭一看，果然是邵楓，她已經等在那裡了。

「你好，你是邵楓嗎？」

「Bonjour.」邵楓點了點頭，並快速地在葆蒔臉頰輕碰了一下。跟昨天的辰歲一樣。

真實的邵楓比相片上更多了一點開朗的氛圍，笑的時候大眼會瞇成一條線，皮膚同樣很白，而頭髮的確是短的，脖子上掛了一條大大的深色圍巾。是落落大方的一個女生，就連女生也會喜歡的那種類型。

因為討厭不起來，葆莳更嫉妒著眼前這個女孩。

「不好意思，突然把你給找出來，希望沒有打擾到你。」

「不會的，我也想知道季永發生了什麼事，昨天聽辰歲說的時候幾乎不敢相信。」笑臉從邵楓的臉上褪去。「不過我只有下午有空，真抱歉。」說這句話時，笑容又回到她臉上。

「你願意見我，已經很感謝了。」

「那走吧。」邵楓側了側頭示意方向，跟著邁步往前走。

「去哪兒呢？」葆莳快步跟上。

「Galerie Vivienne.」

「什麼？」葆蒔勉強辨識出「薇薇安」三個字。

「薇薇安拱廊街。」邵楓微笑著：「季永最喜歡的拱廊街，我想你應該會有興趣才是。」

「謝謝。」葆蒔只能點頭道謝，說不出更多的話語。

「辰崴說你明天就要回台灣了？」

「對，明天午後的飛機。」

「我已經一年多沒回家了，實在是太忙了，而且機票錢也好貴。」邵楓以俐落的步伐前進：「希望農曆年可以回去。」

「你也是來讀書的？是季永的同學？」

「我是來讀書的沒錯，不過不是季永的同學，我讀的是文學。」

跟自己一樣的科系？有股連葆蒔自己都無法明白的情緒湧上。

「那你們怎麼會認識？」

「喔，在海外學生社團認識的，我們有一群台灣人自己組的社團，在海外彼此互相照應。」
辰崴昨天有提起過這個社團。
邵楓熟練地在巷弄內穿梭著，隨著步伐前進，陽光在房子與房子的間隙中跳躍明滅著光芒。葆蒔瞇起眼睛看著玻璃反射的藍天。
不知道從哪天開始，她養成了看藍天的習慣。大概是季永離開後的那天吧。一開始只是抬起頭讓眼淚不要掉，之後變成了種慰藉，感到傷心的時候她就會凝望天空，到了更後來，則成為了習慣。
「我跟季永也是約在那裡碰面。」
「哪裡？」
「剛剛的地鐵出口，」邵楓拉了一下葆蒔，示意要過馬路了：「那時候他說要帶我參觀一個特別的地方，跟我約在布魯斯站出口。那時候我才剛到巴黎，人生地不熟，季永熱心地帶我認識這座城市。」
「那他有帶你去過空中花園嗎？」葆蒔追問著。

「空中花園？」

「對，Promenade Plantée。」看出了邵楓的疑惑，葆葤急急說出法文。

「那裡啊……」邵楓思索著：「有，他帶我去過。幾乎所有巴黎他喜歡的地方我都去過了，那陣子我們很常聚在一起。」

很常見面、又帶她去自己喜歡的地方……？就是她沒錯吧，邵楓就是季永在巴黎喜歡的那個女孩。壓抑不住嫉妒的念頭，葆葤心中忍不住浮起這樣的想法。

「季永是個很慷慨的人。」

「慷慨？」葆葤從來沒有這樣思考過季永。

「嗯，不過並不是指他很大方、很喜歡花錢那種。」邵楓再次笑了：「我的意思是，他很認真看待答應的事，並非表面上做做樣子，而是發自內心地照顧別人的感受。他是真心對別人好，不帶有計算與敷衍。」

葆葤點了點頭。她有時會覺得季永認真過了頭，不夠有彈性，這樣在真實世界常常只是自討苦吃，別人不見得會領情。可是相處之後才理解到，這其實是他對於世界的柔軟。這是他觀看世界的方式，也是他選擇回應的方式。

季永曾經跟她說過，「若辛苦只是一個過程，而不是結果，其實都稱不上苦。過程本來就是拿來經過，而不是停留用的。」

「可是當好人比較吃虧。」當時她還這樣反問他。

「還能夠給出去的東西，就表示對自己來說並不是必須。」而他這樣回。

所以她完全能認同邵楓所說的事。只是葆蒔仍然是有點嫉妒，不僅因為邵楓可能曾經擁有過季永兩年的時間，而恰巧這樣的長度跟自己所擁有的幾乎一樣多，她們不相上下；甚至連季永性格裡頭那些自己慢慢摸索出來的心得，邵楓其實也都知道。

葆蒔嫉妒著，覺得季永不再專屬於自己了。

「那個……你何時把頭髮剪短的？」並肩走著時，葆蒔看著邵楓飛揚的髮根，想到了這件事。

「你怎麼知道我以前是長髮？」邵楓詫異地問。

因為季永以前喜歡的女生是長髮。

葆蒔心裡這樣想，但嘴巴卻說：「因為每個女生都曾經是長髮，我也是。」然後順了順自己的頭髮。

「說得也是。」邵楓笑了：「大概已經兩年左右了吧。」

那不就剛好是季永回台灣的時間嗎？

「因為失戀嗎？」

邵楓沒有立刻回話，先是露出了一臉「你怎麼會知道」的表情，睜大了眼睛，彷彿葆蒔是靈媒似的。

「女生突然剪短頭髮，通常都是因為失戀。」葆蒔趕緊補充。

邵楓又笑了：「又猜對了，懷疑你會讀心術。」

種種跡象都顯示，邵楓應該就是季永當初喜歡的女孩沒錯。然而發現這件事，葆蒔卻沒有絲毫「終於找到了」的喜悅，反而感受到更大的嫉妒，接下來沒再提問。

薇薇安拱廊街距離地鐵站不遠，不消幾分鐘的路程便抵達了。入口大門是綠色的鑄鐵欄杆，上頭有一圈圈繞出來的愛心圖案，再往上才看到由金字所勾勒的「Galerie Vivienne」字樣，只是一道小小的門扉，不太顯眼，一不小心就會錯過。

葆蒔跟著邵楓鑽進拱廊街，才一踏進那道小門，溫度也跟著上升了不少，冷風被阻隔在外頭，取而代之包圍上來的是溫暖空氣。

「薇薇安拱廊街建於十九世紀，現在已經被列入法國歷史古蹟，還有『拱廊女王』的稱號。」邵楓一口氣說完，像是在背課文一樣：「以上這些都是季永跟我說的。其實他跟我介紹了很多，不過我只記得這些。」語畢自己笑了出來。

拱廊街很華麗，兩側林立著商店與餐廳，頂棚是一道道彎弧狀的拱橋撐起一片片透明的玻璃帷幕，而地上則是華麗的馬賽克拼貼。由於玻璃的關係，讓灑下的陽光像是加了柔焦濾鏡一樣溫和，加上米白色的牆面，整個拱廊街呈現極端溫柔的感受。與其說是女王，葆蒔覺得更像是母親。

季永也會在這時吻她嗎？

看到邵楓抬起頭看著灑下的光，葆蒔突然這樣想。

「季永知道很多知識，尤其是跟建築相關的，畢竟是他的本科系。」葆蒔又想起了台東。

「啊，那你知道拱廊街的起源嗎？」邵楓像是想起了什麼，突然這樣問。

「不知道，是什麼？」

「只是為了讓大家有一個不用吹風淋雨盡情購物的地方。」

葆蒔想起剛踏進來拱廊街的感受，深深可以體會。

薇薇安拱廊街裡有一家書店，櫥窗是一大片落地的大片透明玻璃，幾乎沒有任何的裝飾，裡頭只有書籍，各式各樣顏色的書背整齊排列著，高高低低、顏色不一，不知道為何，比起建築樣式，這樣的畫面更讓葆蒔聯想到歐洲風情。葆蒔忍不住多看了一眼。

書店門口還有幾張桌子，一樣是黑色，同樣陳列了一排排的書本，旁邊還有幾個常見的圓滾筒樣式的明信片架，上頭插滿了一張張的明信片。葆蒔這才想到此行沒有寫任何一張明信片。

「這間書店是『裘索姆書店』（Librairie Jousseaume）。」注意到葆蒔腳步慢了下來，邵楓這樣說：「專賣舊書，營業已經超過一百個年頭了，是很悠久的書店。」

「原來這麼有歷史。」

「也是季永跟我說的，」邵楓笑說：「想進去看看嗎？」

「我想挑幾張明信片。」

「還沒有寫明信片嗎？這怎麼可以？」邵楓一把拉起葆蒔的手直接朝明信片架走去。

裘索姆書店販售的明信片跟這幾天外面看到的略有不同，當然還有一些典型的巴黎風景款式，但更多的是巴黎復古海報插畫的樣式，不那麼張牙舞爪，氛圍卻很歐洲。葆蒔最後挑了三張明信片。

「一起吃個晚餐？」踏出書店，邵楓這樣問。

「你時間來得及嗎？」葆蒔也才想起自己並沒有吃過中餐。

「總是要吃飯的。」

葆蒔沒有特別想要吃的料理，於是任由邵楓領著挑了一家拱廊街裡的餐廳。菜單都是法文，雖然葆蒔勉強可以辨識出一些單字，但要完整理解仍有難度，尤其是醬汁或烹調方式的說明，所以最後仍是由邵楓幫忙點了海鮮燉飯與熱茶。

「我吃奶油培根義大利麵，我討厭海鮮。」茶很快就上桌，沒多久後，餐點也上來了，邵楓這樣說。

「你來巴黎很久了嗎？」用湯匙在淺盤刮起一口和著番茄的紅色米飯時，濃稠的醬汁分開又密合，葆蒔問道。

「應該快四年了，」邵楓先是瞇著眼思考了一下，接著又說：「我跟季永是同一年來巴黎的，他讀書兩年、回台灣兩年，所以加起來四年了。」

原來除了自己外，還有另外一個女生也是用季永來當作時間的計算依據。葆蒔忍不住有點吃醋。

「那個……」突然邵楓轉變了語氣，有點吞吞吐吐：「季永離開的時候，痛苦嗎？」

至今聽到季永的名字，葆蒔呼吸仍是會暫停幾秒。

「不會，很祥和。」葆蒔腦海中浮起季永蒼白的臉。

「太好了，我有聽辰崴大概說了季永的事……」邵楓又笑了：「這或許是能發生的最好的事了。」

對於邵楓的笑，葆蒔突然有點惱火，什麼最好的事，死亡一點都不好！沒經歷過的人根本不會知道。

痛苦的可不是只有生病的人，被留下的人才更是無限延長。

「我妹妹在十年前去世了。」邵楓接著又說。

「什麼?!」

「肺腺癌。」邵楓的語氣平淡，聽不出什麼情緒：「化療了很久，拖了很長的時間，沒人願意放棄。但成天不停咳嗽，像是要把肺給咳出來的那種。到最後甚至連呼吸都沒有辦法了，氧氣還來不及吸進去就被吐了出來。妹妹很勇敢沒哭，倒是我整天不停掉淚，光看就覺得好痛苦啊，何況是她。」

「對不起，勾起你的傷心往事。」葆蒔對自己剛剛的憤怒感到羞愧。

當自己說著對方沒有經歷跟自己一樣的痛苦時，其實也正巧說明了，自己根本也不知道對方經歷過什麼。

「沒事了。」邵楓揮揮手，「所以現在我才會覺得，可以沒有痛苦地走，其實是一種福報。」

從剛剛一見面，葆蒔就發現邵楓其實是個直來直往的人，有點男孩子氣，並非那種嬌弱的女生，原本以為這是她個性中的爽朗，現在才明白是來自於歷練。

「季永離開的時候，雖然我沒有開口多說什麼，但其實很憤怒。可是我不能展現出來，我不想讓其他人為我擔心。」這些話，葆蒔從來都沒有對誰說過。這是她無法訴說的言語。

「我也是花了好長一段時間才弄清楚這件事，」邵楓點點頭表示理解：「不，也不能說是弄清楚，這件事永遠都沒有弄清楚的一天。」

葆蒔沉默不語。

停頓幾秒之後，邵楓盯著葆蒔這樣說：「你不明白為什麼人會突然這樣就不見了，你不明白是遺漏掉了什麼，甚至覺得日子過得不切實際。」

「輕飄飄的，但同時卻又被拖著腳。」葆蒔吐出這句話。

「對，就像是被綁住的氣球。」葆蒔的話讓邵楓笑了：「可最後我弄懂了一件事，就是永遠都沒有說這些話的好時間，時間永遠都不會體貼，你的等待，到頭來只是等待。可是反過來說，也就剛好表示了所有的時間其實都是好時間。」

面對這些坦率心情的言語，葆蒔只能盯著她看。

「但這也不是說時間毫無用處，雖然它不能幫你撐過來，但卻能讓你在撐過來之後，感覺慶幸。」邵楓溫柔地說著，然後捲起一口義大利麵。

「但我還是常常不自覺發著呆。」

「會好的，不是今天，不知道是哪天，」邵楓眼神閃耀著光芒：「但總有一天會好的。」

這些安慰的話其實葆蒔聽過了無數次，經由不同的人的口中、包裝成各式各樣的關心，內容卻都大同小異。就因為知道這是好心安慰，所以反而安慰不了人，太張揚了，無法親近，反作用力也更大。

然而邵楓的話至少不讓葆蒔抗拒，或許是因為她們喜歡著同樣一個男孩，也同樣失去了他的關係；也或許是因為她曾經歷過無法克制的傷心，然後走了過來的緣故，所以葆蒔才得以真心地去接受。

她不是在安慰自己，也不是冠冕堂皇的客套話，僅只是一個過來人的心情。

「你知道嗎？季永最常帶著我看建築。」邵楓抬起頭看著拱廊街，這樣說道：「我曾經覺得他真是奇怪，我又不是學建築的，幹嘛跟我介紹起房子的年代與樣式，就算聽了我也不懂啊。」

「真是個無趣的人。」兩個人不約而同說出一樣的話，同時笑了。

「但後來才知道這其實是他最拿手的事，對季永來說，就像是呼吸一樣的自然，他沒有刻意這麼做，只是自然而然就發生了。」

葆蒔點點頭附和，她想起了季永與自己的相處，許多時候也是建立在一處又一處的建築上頭。

經過相處，葆蒔對邵楓存有的敵意已經減少許多，但偶爾仍會感到一絲嫉妒。只要是牽扯到季永，她就不夠理智。

「除了建築，你們最常去做些什麼？」

「其實平常各忙各的，很少有時間去做些什麼特別的事，不過我們很常去野餐，不管是塞納河畔或公園都可以。」

「野餐？」葆蒔想起他們唯一一次接近野餐的活動，就是華山的露天電影院。

「對，我知道台灣最近也流行起野餐，但對巴黎人來說早就習以為常了，他們只要是有綠地的地方都可以躺，好不可思議。」

或許因為冬天天氣冷的關係，這幾天葆蒔沒有印象看到誰在草地上野餐。

「我第一次跟季永見面就是在野餐，當時還發生了一件糗事，我的圍巾被風給吹到河裡，我們一群人拚命追，大概跑了有一公里遠吧，追在最前頭的就是季永。」

這是葆蒔第一次從其他女孩口中聽到在描述季永。那些錯過的時間，她仍是感到在意。

「當時我就對季永印象深刻，雖然很多人吆喝著，但一看便知道只是做做樣子，根本不在乎。」

「他是個很認真看待事物的人。」

「對啊，你知道塞納河很大嗎？」

葆蒔點了點頭，她的確印象深刻。

「根本就追不上，不一下圍巾就消失在另一頭了。」邵楓聳聳肩說：「當時也是冬天，冷死了。季永二話不說，把他的圍巾給了我。」

果然是邵楓沒錯吧，那個叫賈欣絲的女生，那個以風信子為名的女孩。一定是吧。

「我想，我應該是在那時候喜歡上他的吧。」

面對邵楓突如其來的告白，葆蒔一時有點不知所措，只能愣愣地看著她。

「有機會你應該在巴黎野餐的。」邵楓這樣說，又浮上一抹微笑。邵楓式的招牌笑容，微瞇的眼睛，右嘴角比左嘴角高十五度，有點淘氣卻沒有攻擊性。

兩個人的午晚餐就在這樣看似漫無目的，實則是以季永為中心放射地聊著，這也是葆蒔近來感覺最放鬆的時候。邵楓有種讓人安心的氣質，葆蒔甚至可以認同為什麼季永會喜歡她。

這樣的氣氛一直到邵楓看了手錶，發出一陣驚呼才終於結束。

「啊，對不起，我差不多該走了。」

「沒關係，佔用你的時間不好意思。」

「太客氣了，能見到你，也算是完結了我的一個心願。」

「心願？」

「我想知道季永在台灣時，是誰陪伴著他？」語畢邵楓招了手請來服務生，堅持她要買單。

邵楓也在嫉妒著自己嗎？葆蒔愣愣地想。

兩個人步出薇薇安拱廊街時，葆蒔才注意到天已經黑了。室內因為有燈光，所以晚上的感受並不明顯。

「那個……」一直到接近地鐵站時，葆蒔終於還是忍不住開了口。

「什麼事？」

「你跟季永很……要好嗎？」葆蒔在腦中斟酌著字眼，最後挑揀了這個。

「要好？是什麼意思？」邵楓跨著步往地鐵站走，葆蒔跟著。

「就是……嗯，那個，你們很親密嗎？」

「親密？」邵楓一時無法理解，好半晌才終於意會過來：「啊，你是說我跟

「季永是情侶嗎？」

「對。」葆蒔突然漲紅了臉，覺得自己根本與野蠻無異。大老遠跑到巴黎，竟對一個抽出時間陪伴自己的人提出這樣的疑問。

「哈哈哈哈哈！」

但邵楓的反應竟然是笑了，葆蒔有些詫異。

「原來你約我出來，是為了這件事啊？」

「對……不起。」葆蒔趕緊道歉，一臉侷促。

「幹嘛道歉啊。」邵楓輕推了一下葆蒔的肩，隨即說：「但我還真希望是。」

「嗯？什麼意思？」

「我喜歡季永，也跟他告白過喔。」邵楓突然一臉正經地轉頭看著葆蒔：「是因為現在季永不在了，我才敢跟你說這些話，不要誤會。」

「我知道，」葆蒔點了點頭，接著急問：「那後來呢？」

「他拒絕了我，他說另有喜歡的人了。」邵楓聳聳肩。

不是邵楓，另有其人！

頓時，有股強大的失落湧上葆蒔心頭，繞了大半個地球來到這座陌生的城市，結果還是一無所獲。

「你認識她嗎？」葆蒔著急地問。

「季永只有說過對方是個他所見過最適合笑的女生，喜歡文學、個性大而化之，就算被糗也不會生氣。他還說，每回跟她聊天後，他都會高興一整天。看他形容她的樣子，我就知道自己沒機會了。」邵楓轉過頭問道，一臉認真：「你知道那種，說起自己很喜歡的人時，眼神發光、嘴角不自覺微笑的樣子吧？」

葆蒔點了點頭，感到很不是滋味。

「不過，他們應該沒有在一起啦。」

「為什麼？」

「因為季永說，他沒有勇氣跟對方告白。」邵楓一臉不置可否。

啊，賈欣絲只是季永的單戀。

葆蒔得出這個結論，但心情並沒有感到放鬆，反而由原本嫉妒的情緒，轉為一陣沮喪襲來。

想必季永一定深愛著這個女孩，不僅是保護著她，還藏起了她；她到底有多好？可以讓季永整整愛著她兩年的時間，甚至喜歡到不敢向她告白，而且沒有任何一個人可以告訴自己她在哪兒……葆蒔被低落的情緒包圍著，跟著也詢問起自己：「我對季永而言算是什麼呢？會不會其實只是這個女孩的替代品？」

葆蒔陷入失控的胡思亂想當中。賈欣絲的存在，讓她質疑起了自己與季永的感情，她現在要怎樣才能證明這兩年的時間是真切的？季永對她的愛，會不會只是他在巴黎遺憾的延伸而已？

「那個女孩的名字是不是叫『賈欣絲』？」葆蒔仍舊不死心地追問，這可能是她最後的機會了。

「季永沒提起過她的名字……」話還沒說完，邵楓突然睜大眼睛看著葆蒔：

「等等，這不會是你來巴黎的原因吧?!」

「不是、不是！」葆蒔突然漲紅臉，連忙否認。

「你知道嗎？雖然我從小就比較洋派，但跟男生告白又被拒絕，還是不好受。」邵楓自顧自地說：「不是因為覺得女生不能主動，而是我不擅長先示好。」

「你應該有很多人喜歡吧。」

邵楓笑笑沒回答，接著說：「可是，現在我不再後悔曾經告白了。」

「後悔？」

「嗯，對。」燈光在邵楓的頭髮邊緣繞出一圈光暈，「我很喜歡季永，曾為了他的拒絕傷心不已，就像是一只櫥窗裡得不到的玩偶一樣。但現在季永已經離開了……」

葆蒔不是很明白邵楓的意思，只是靜靜地聽著。

「我很慶幸自己當時厚著臉皮告白了，不然這輩子再也沒有機會了。」邵楓的眼神黯淡了一下，隨即又亮了起來：「幸好我說了，才沒有抱憾終生。」

「嗯。」葆蒔只是點了點頭，明白了些什麼。

「當初覺得後悔的事，沒想到最後竟然反過來救了我。人生真是有趣。」

其實葆蒔也曾經在心裡問過自己無數次，若是沒有再遇到季永，沒有與他相戀，是否現在就不會如此傷心？答案是：或許。

可是，若可以選擇的話，她是否願意再跟季永相遇？答案是：願意。所以她能夠理解邵楓的話。

「人不會一直傷心下去的，縱使現在的傷心看似沒有盡頭，其實那只是因為不知道自己正在路上。」邵楓笑著對葆蒔說。

邵楓的話語，稍稍抒解了葆蒔的失落。

「時間還早，你等一下要去哪兒呢？」抵達地鐵時，邵楓這樣問。

「我想去看一眼艾菲爾鐵塔。」

「當作告別？」

「對。」葆蒔不好意思地笑了。

「很美好的方式。那你要往南邊的方向，我往北走了。」步下地鐵站，邵楓指了另一邊的月台說：「你要往那邊才對。」

「謝謝，今天真的很謝謝你。」

「不用客氣，這次你來的時間太短，下次再來玩，到時候帶你去野餐。」

接著邵楓露出一抹淘氣的微笑，快速地將自己的圍巾解下，繞在葆蒔空盪盪的脖子上。葆蒔有點錯愕，無法明白是什麼意思。

「這是季永當時借我的圍巾，一直忘了還。現在交給你了。」接著邵楓迅速在葆蒔的雙頰碰了碰，又說：「都會好的，那些當初不好的，最後都可能會成為好的一部分。」然後像風一樣，轉身往反方向的月台走去。

葆蒔還反應不過來，呆愣在原地。

「葆蒔。」抵達閘口時，邵楓突然又回頭喊了一聲。

「嗯？」

「我曾經很嫉妒你，但現在不會了。我覺得我們都是很幸運的人，能夠與他相遇就已經很滿足了。」語畢邵楓揮了揮手，輕快地步下月台。

喀噠～～喀噠～～

熟悉的話語讓葆蒔傻傻呆在原地好幾秒，她扶著牆面緩步往前走著，逐漸感覺視線一片模糊。

「能夠遇見你，真是太好了。」

葆蒔腦海中浮現季永離世前說過的話語，記憶像是影片倒帶一樣襲來，她坐在月台長椅上輕輕哭了起來。

喀噠～～喀噠～～

• • •

那是個太陽閃亮刺眼的盛夏，氣溫炎熱、日照漫長，外套已經收起來的月分，距離約定好要去巴黎後，僅不到一個月的時間。

下班回到住處的葆蒔，一打開門就看見季永在屋內，黃昏的光灑在他的身上，頭髮邊緣繞著一圈金黃色薄光。他彷彿已經在那裡坐了很久，也彷彿像是在等待她的到來，時間凝結在他的周圍。

「急性骨髓性白血病。」季永開口這樣說。

他的手裡握著一張白紙，上頭密密麻麻的表格，表情微笑著。葆蒔以為那是巴黎的行程表。

「那是什麼？」

葆蒔把身上的包包掛在椅子上，路上買回來的晚餐擺放上桌，塑膠袋發出窸窣窣的聲響。

「一種疾病。」

「很嚴重的病嗎？」

「對。」

「喔，你手上是巴黎行程表嗎？」

「行程表還沒有做好，再等幾天。」

「還有時間，不急。不然你手上那是什麼？對了，上次醫院檢查的報告出來了嗎？」

「出來了。」

「那還好嗎？」

季永遞出手上的白紙。

「你剛剛說的那個什麼病，聽起來很嚴重，」葆蒔接過紙張：「是誰得了嗎……」

唰——葆蒔全身僵硬。

「這不好笑。」葆蒔一臉慘白，抬起頭看著季永。

「對，不好笑。」但他仍面帶微笑。

「這不好笑。」葆蒔眼淚卻不由自主地掉了下來。

「對，不好笑。」仍笑著。

「這不好笑。」眼淚掉更多了。

「對，不好笑。」笑著。

「那你為什麼在笑？」止不住的淚水。

季永一把抱住葆蒔，她嚎啕大哭起來。

「這不好笑、不好笑、不好笑……嗚嗚……」

「我知道、我知道……」

老天爺的大玩笑，而葆蒔只能不斷哭著。

急性骨髓性白血病到底是什麼病症，葆蒔至今仍然搞不清楚，不，她知道這是一種不正常的白血球大量增生，惡性細胞的劇增和擴散，最後導致危害到生命。她看過很多資料、向醫師問了數十次，所以她太知道急性骨髓性白血病是怎麼一回事。

但她不明白的始終是，「病因不明，可能是遺傳、也可能是環境，甚至是抽菸……」然而這些都是「可能」，都是一個又一個說服不了她的「可能」。奪走季永性命的竟然只是個「可能」。

一開始只是暈眩，因為貧血而暈眩，可能只是最近營養不足夠，記得要提醒季永多吃一點，不是什麼大不了的毛病，葆蒔當時還這樣叮嚀要多注意；再後來是牙齦出血，那應該是牙刷不好或刷牙太用力了，該換一把……可是為什麼最後卻變成了急性骨髓性白血病？

葆蒔始終不明白自己錯過了什麼情節，怎麼劇情一下從白轉黑，她不知道到底發生了什麼事？因此她的身心一直都停留在五個月前，那個還沒有什麼鬼疾病闖入他們生活的時候。

「自己到底是忽略了什麼？」這一百多個日子，葆蒔不斷地問著自己。日常原來是一種陷阱，因為習以為常，所以覺得一切會延續，可是常常在不知不覺中就戛然而止。連拉長尖銳的警示音都給省略。

而他們的生活場景，從電影院、客廳、草地、臥室、餐廳……轉換成了單一的醫院病房。不變裡的變化是季永黝黑的膚色又恢復了原本的白色，更蒼白。

不斷下降的體重，替代時針成了時間計算的方式。

而季永從來沒有在她面前掉過一次眼淚。

「對不起，我對你說了謊。」在某個氣溫驟降的日子，季永突然對她這樣說。

「謊？」對於季永沒頭沒腦地道歉，葆蒔露出一臉的疑惑。而他微笑的神情，沒有一絲歉意。

「對，我說了一個謊，」季永舉起虛弱的右手，點滴滴管跟著他削瘦的手臂顫動著。季永將手掌擺到左胸口的位置，用食指比了比說：

「左邊是最靠近心臟的位置。」

「啊！」葆蒔摀著嘴發出驚呼，頓時明白了他老是堅持要她待在左邊的原因，眼淚溢滿眼眶。

「能夠遇見你，真是太好了。」季永只是摸了摸她的頭頂這樣說。

這句話像是遺言，也像是再見。

葆蒔只能哭泣。

而那個左邊的位置，後來只剩下一句再見。

同樣在一個把外套從衣櫥裡拿出來的日子，季永過世了。不要說是等待骨髓移植，就連化療都進行不了幾次，距離確診只有短短的四個月。

沉默的拉長尖銳警示音。

葆蒔在病床前握著季永的手與他告別，也是從那時開始，她停止了哭泣。

而此時她身處在巴黎了，同時懷抱著感傷與感謝。這是葆蒔第一次出國，不是日本或泰國，是幾乎繞過半個地球的歐洲，並且是一個人，她從來都沒有想過的情境。

被留下的戀人是無法遠走的，無論到哪裡都是一場原地徘徊，所謂的遠方，不過只是沒有他的地方。

出國前，她特地把紅寶石證件夾掛在提包上，那個季永送她的第一個禮物，從巴黎來的禮物，現在帶它回來，就像是把季永也一起帶來巴黎了一樣。只是沒想到抵達的第一天就被搶了。

此趟巴黎行當然跟季永有關，她去的每一個景點、見到的每一個人，甚至是吃的食物，其實都是季永的回憶重播。她用這樣的方式想念著季永，用這樣的方式讓他可以繼續陪伴著自己。

這些日子以來，無論多少安慰舉動、多少溫柔話語，但葆蒔從來都沒覺得自己被認同過。她那麼傷心啊，傷心到就連眼淚都直往心裡頭流，只為了填補空洞，可是怎樣都填補不了，剩下風的回聲呼呼作響。於是成日耳鳴，再也聽不見其他喊叫。

而今天，邵楓的話語像是一記撞擊，葆蒔心底的某個角落被觸動了。她終於能聽到其他話語了。

賈欣絲是誰再也不重要了。就算沒找到，也不遺憾了。

人可以遺憾錯過、遺憾不夠努力，但不能遺憾有一個人愛著自己到最後。幸運永遠不會足夠，人是很貪心的動物，更何況她還離得很遠。但，她很幸運了。

突然間，葆蒔不再嫉妒那個叫賈欣絲的女孩了。

不知道過了多久的時間，葆蒔才終於止住眼淚，這是她這近半年來第一次真正的哭泣。胡亂用手抹去淚痕，眼神清明，閃耀著一絲光芒，她跳上了列車。

再轉了一次車之後，葆蒔在「夏樂宮站」（Trocadéro）下了車。人潮絡繹不絕，但幾乎都朝著同一個方向前進，「下車時，跟著人潮走就對了。」葆蒔想起筱遙的提醒，於是跟著走。

鑽出地鐵站，轉個彎，寬闊的夏樂宮廣場立刻出現在眼前，風突然對著葆蒔的臉直直地吹來，她的臉一陣冰涼。

天空只剩下地平線邊際還染上一點點的深藍與橘黃，其餘都是全然的烏黑，隱約看見一抹橘色的燈光掛在天際，葆蒔不自覺加快腳步，接著毫無預警地，艾菲爾鐵塔的尖塔映入了眼簾。

「巴黎鐵塔！」葆蒔情不自禁喊叫了出來，她雙手摀住了嘴巴。

同時懷抱著夢想成真的喜悅，還有人生不可逆的遺憾，葆蒔情緒激動。

愣了三秒後，葆蒔邊壓抑著情緒邊快步往前走，一開始只是出現三分之一，但隨著步伐越往前走就展露越多，二分之一、四分之三……艾菲爾鐵塔完整佇立在眼前了。

艾菲爾鐵塔已經點上了燈，原本深咖啡色的塔身此時變身成了華麗的黃橘色，由內而外打出來的燈，讓它看起來像散發著光芒。

葆蒔靜靜地望著鐵塔，微彎弧度的三角形線，還有它底下閃閃爍爍的車水馬龍，幾乎看得入迷。她的皮膚與鼻腔都感受到了冬季冰涼的氣息，氣溫似乎又更低了，天色漸漸轉暗，深沉的色調逐漸染上天際，像是滴落在水裡的水彩一樣緩慢暈開，但還留了隱隱約約的深藍色。

心情終於平復了。

艾菲爾鐵塔依然是橘色的，卻更加顯眼了，就像是在漆黑的畫布上用濃烈的顏料畫了兩撇，有種不切實際之感。幾個年輕人在一旁嬉笑著，利用錯位拍攝用食指與拇指拎著艾菲爾鐵塔的相片。

突然間，葆蒔想到了民宿房間裡的那幅藍橘色艾菲爾鐵塔插畫，這一刻明白了那幅畫原來是負片效果。

打了燈的鐵塔與日夜交際時亮藍的天空，轉換成負片就變成是藍色的鐵塔與橘色的天空。不過只是換了個形式，其實仍是同樣一個東西。這個小小的領悟讓她的心生出了一絲的愉悅。

葆蒔拉緊脖子上的圍巾，選了一處空曠的台階坐下，安靜地凝視著眼前如夢境一般的畫面。

方才地鐵裡的人潮，一出了站像是被風給吹散了一樣，即使人潮不少，平台上仍不顯壅塞，散落著三三兩兩的人。這裡有種寧靜的氣息，與視線所及的熱鬧氣氛截然不同，坐在台階上凝視前方的少年、欄杆前擁抱低語的情侶，彷彿聲音被這樣的氛圍給包裹住了。

天色已經全暗，街上的商店招牌也更張揚了，店內的燈光透出來灑在道路上，平滑細緻的石板表面反射著晶亮的光芒，隨著人潮穿梭來往遮蔽，光一明一暗、一閃一滅，像是在跳躍似的。

也更冷了，葆蒔對著空氣呵氣，吐出了白色的煙霧。葆蒔原本打算往回走至方才來時的地鐵站，但起身再看到艾菲爾鐵塔一眼時，突然念頭一轉，最後一個晚上了，她決定繼續步下台階往前走，穿越特羅加德羅花園走到鐵塔的下方，想更親近它。

雖然方才在夏樂宮就已經被艾菲爾鐵塔震撼過一次，但實際站在它的下方抬頭看，仍然讓葆蒔對眼前的景象感到不可思議。

因為夜色的遮掩，模糊了其他景物，加上燈光，黃橘色線條交錯，鋼骨線條更顯搶眼，感覺橘色分外鮮豔；火焰般濃烈的橘直衝眼球，像是在燃燒似的，尤其從近處觀看更有這樣的感受。那些濃烈的橘高高地撐起艾菲爾鐵塔，把它推向天際。

葆蒔覺得自己像是處在一個魔幻的場景。這趟旅行中，這是第一次葆蒔沒有想起季永。

明天就要離開巴黎了，當初自己來巴黎時懷抱著怎樣的心情，葆蒔此刻突然感覺模糊，有種恍若隔世的錯覺。

不管是剛剛才碰面的邵楓，或是辰崴、齊阿姨，甚至是筱遙，都像已經存於記憶之中很久的印記，而不是新添加上去的。而對於他們的善待，葆蒔心存著感激，是他們讓她初來乍到陌生之地的忐忑抒解了不少。

她已經很幸運了。

此刻，在繽紛的艾菲爾鐵塔面前，葆蒔第一次能打從心底肯定這件事。

第一次出國、第一次到歐洲、第一次一個人旅行，這趟巴黎行有許多的第一次，她永遠都不會忘記。

葆蒔靜靜望著眼前的風景好一陣子，直到感受到身體的溫度不斷下降，被凍的感受提醒之後，才緩緩踱步離開艾菲爾鐵塔。不過仍有許多人潮往艾菲爾鐵塔的方向推進，葆蒔像是條逆水而上的魚，朝著大家的反方向走。

回頭望，艾菲爾鐵塔上的燈光一閃一閃跳躍著。

抵達民宿時已經超過九點，客廳留了一盞小燈亮著。洗完澡後，想起下午買的明信片，葆蒔趴在床上書寫：一張給自己、一張給季永、一張給子浩。

關了燈之後，窗外透著路燈的暈黃色調。葆蒔不打算拉上窗簾，最後一晚了，想多看看巴黎的天空。這片陪伴著季永七百多個日子的天空，現在也溫柔地包覆著她。

「謝謝你這幾天的陪伴。」盯著牆上藍橘色艾菲爾鐵塔插畫，葆蒔悠悠進入夢鄉。

Day 6．Day 7

收藏兩年分的道別

日期：1/11、1/12

行程：巴士底市集、巴黎→台灣

原來自己不是來尋找些什麼，
而是來收納些什麼的。
收拾那些傷心、眼淚，以及不甘心。
人總要學會收拾。

「嘟嘟～～嘟嘟～～」

葆蒔用手撈起了在桌上的手機關掉鬧鐘，時間是七點半。

昨晚入睡前她特地設了鬧鐘，一方面是因為今天要去搭機，無法像前幾天一樣睡到自然醒，另一方面則是因為跟齊阿姨約好了要去逛菜市場。

葆蒔睜開眼，看到陽光灑在那一幅藍橘交錯的艾菲爾鐵塔插畫上，她盯著出神，自己一定會想念這幅畫的。發呆了幾分鐘後，葆蒔才趕緊起身去盥洗。盥洗完到客廳時，只看到筱遙在桌邊看報紙。

「Bonjour，早。」筱遙抬頭發現葆蒔，主動遞了咖啡過來。

「謝謝。」葆蒔拿了塊麵包，心想怎麼沒看到齊阿姨？探了一下頭，廚房沒看到人影也沒任何聲響。難道是忘了約定？不可能啊，昨天齊阿姨特地提醒了自己。

正準備要問筱遙，就聽到開門聲傳來，齊阿姨推了門進來。

「Bonjour，已經起床啦。本來還想讓你多睡一會兒的。」

「起床了，我很期待去逛菜市場。」

「那等你吃完早餐我們就出門。」

「好。」

「行李收拾好了嗎？」

「昨晚都收好了。」

「那就好。」齊阿姨點點頭：「我剛剛去把車給開過來，等一下可以送你去機場。」

「不用、不用，齊阿姨這樣太麻煩您了，不好意思。」葆蒔連忙推託。

「小事而已，你來的這幾天都沒時間好好招待你，今天當作是補償。」

「真的不用麻煩了，我搭地鐵去就好，很方便……」

「剛好我兒子今天用不到車，沒關係。」齊阿姨搖搖手，示意這件事就這麼說定了。

「謝謝齊阿姨。」葆蒔只能點點頭接受。

用完早餐後，齊阿姨指著擺放在門口旁的那兩輛被斜射陽光反射出光芒的紅、黑色單車，提議騎單車去巴士底市集：「不遠，十五分鐘就到了，感受不同觀看巴黎的方式。你會騎單車嗎？」

「會，以前跟季永也會去河堤騎車。」

「黑色那輛給你。」

出了門氣溫一樣很低，葆蒔不自覺拉緊了圍巾，季永的圍巾。因為陽光很大，加上室內有暖氣，每每她老是錯覺外頭的溫度很高。這是一種生活的陷阱。

葆蒔緊跟著齊阿姨，因為速度比步行來得更快，陽光穿梭在整齊排列的行道樹間，快速地一明一滅，眼前畫面像是連貫著，卻也像是被切割成一張張連續的定格。

沒多久後，就看見金黃色的自由女神像從樹梢上冒出頭來，那是巴士底廣場邊的七月之柱，葆蒔認得它。再往前一點，樹下有著成排臨時搭建的白色帳篷與川流不息的人潮，這是前幾天來沒有的光景。她們在市集旁停好了單車，跟著鑽進人群裡。

白色的帳篷下五顏六色，除了生鮮蔬果之外，還兼賣著雜貨，攤販的吆喝聲混雜著客人交談，聲音從四面八方襲來，到巴黎後葆蒔不曾如此進入人群的日常。雖然她去的地方不乏觀光客聚集，但從來沒有這麼靠近過。

市集內有許多葆蒔腦海裡沒印象的蔬果，尤其是綠色含苞待放的朝鮮薊，她只聽過名字，現在終於見到本尊。市集裡雖然擠滿了人，且也販售著海鮮或生食，但不知道是否氣溫低的關係，竟然沒有難聞的腥味，而且連地板都是一片的清爽乾淨，葆蒔覺得有點不可思議。

巴黎的市集比較像是露天超市，乾淨舒適，不只是因為充斥著台灣不常見的物品，加上與生俱來的美感，使得每個攤販的陳列都像是精心設計過似的。她好奇地東張西望，一邊留意地跟著齊阿姨，一邊像擠著牙膏似的緩緩前進。

「齊阿姨，您要買什麼呢？要不要我幫忙找？」葆蒔趁齊阿姨駐足在一處水果攤前趕緊問道。

「你知道如何辨別蘋果甜不甜嗎？」齊阿姨仔細端詳著手上的蘋果。

「聞香氣？」葆蒔似乎在哪裡看過這樣的資訊。

「除了聞聞香味之外，還要看看肚臍眼。」

「肚臍眼？」

齊阿姨把蘋果轉了個方向，上方那面朝著葆蒔，指了指果柄處：「這裡就是

『果臍』，水果的肚臍。越開代表越成熟，越深則表示果核少。」

葆蒔點了點頭：「我們要買蘋果？」

「買一些水果跟雞蛋，今天會有新的房客住進來。」齊阿姨拿起塑膠袋裝起了柳丁，同時遞了一個塑膠袋給葆蒔：「就麻煩你幫我挑一下蘋果。」

平常不上市場買菜的她，沒想到竟然在巴黎挑起了蘋果。

「季永是挑蘋果高手。」

「真的嗎？我沒聽他說過。」季永的名字突然躍上耳際，葆蒔視線從蘋果上移到齊阿姨身上，發現她正認真地挑著柳丁，不知情的人會以為是在跟柳丁說話。

「說來奇怪，他挑的蘋果總是特別甜，屢試不爽，後來問他，他才說是要看果臍。」齊阿姨笑了笑：「因為台灣的水果都很甜，因此我從來都沒學過怎麼挑，反正怎麼買怎麼好吃。但到巴黎後，發現這裡的蘋果比較不甜，一開始還以為是區域品種的差別，結果是自己不會挑。」

「季永很常陪齊阿姨來市場嗎？」

「頭一年比較常，後來課業忙就少了，但只要是他陪我上市場，蘋果都是由他挑選。」

「我從來沒有跟季永一起去市場買過菜。」葆蒔忍不住這樣想。兩年的時間可以完成很多事，但同時卻也有許多事來不及完成。

葆蒔將一顆蘋果擺進袋子：「這些夠了嗎？」

「夠了、夠了。」

買完水果後，齊阿姨又到隔壁攤販買了一些雞蛋，頓時手上沉甸甸。還有一點時間，兩個人在市場裡晃了一下才回去。

回程的路上，齊阿姨突然停在某條巷口，一開始葆蒔以為有車要過，但張望一下卻發現空無一物，也不像是有什麼特殊的景觀。

正感到納悶時，齊阿姨開口了：「到了，就是這裡。」

「這裡？」

「跟季永撞在一起的地方。」齊阿姨指了斜前方角落說著：「當時蘋果與柳丁散了一地，我們兩個慌亂地在街上撿著水果，現在回想起來真是好笑的畫面。」

葆蒔眼前浮現了季永騎著單車的身影，還有急忙道歉與收拾一地散落水果的畫面，她竟然有種溫馨感，跟著輕輕笑了出來。

到了此時她也才明白，原來逛市集不過只是藉口，齊阿姨是想帶自己來這個地方。這個與季永有關的小小角落。

「謝謝齊阿姨。」

「你現在騎的單車也是季永留下來的，這是他當初在巴黎的代步工具。」

葆蒔驚訝地說不出話，眼眶突然一陣溫熱，她趕緊低下頭抹了眼角。

在低下頭的視線裡，葆蒔瞥見了角落裡一個熟悉的影像：「啊！是我的手提包！」葆蒔驚呼出聲，連忙跳下單車趨向前去，左翻右翻，裡頭的東西不見了，但那個紅寶石證件套仍別在提帶上頭：「太好了，還在。」葆蒔鬆了一口氣。

「這是被搶走的那個手提包嗎？」齊阿姨牽著單車緩緩走近。

「好高興還能找回來。」葆蒔點點頭，掩飾不住的喜悅。

「你很喜歡紅寶石？」齊阿姨好奇地詢問。

「什麼？」

「你好像對那個紅寶石吊飾愛不釋手。」

「啊，這個嗎？」葆蒔慌亂地拿了起來：「這其實是識別證，只是我把它當掛飾使用。是季永送我的第一個禮物，因為我以前的綽號就是『紅寶石』。」

「原來是這樣啊，你的中文名字諧音，對吧？」齊阿姨想通了似的點點頭，笑著說：「真特別。」

「對，是我的名字諧音。」葆蒔想起了兩年前與季永重逢那天，他也這樣喊她，心跳漏了一拍。

「能找回來真是太好了。人總要學會收拾東西的，跟過去和解。」齊阿姨抬起頭看著天空：「天氣真好，看來今天也會是個好天氣。」

葆蒔跟著抬起頭望著棉花般的白雲從頭頂上滑過，還有空氣裡折射著光芒的塵埃，已經接近中午了，溫度比剛剛暖了一些，她感受著這宜人的氣候，不自覺仰起了嘴角，打從心裡覺得滿足。

冬天巴黎的空氣呢。季永。

到了此刻，葆蒔才發現這是自己第一次聽到季永的名字，不再感到傷心了。

一直到現在葆蒔終於明白，原來這趟旅行並不是一趟追尋之旅，而是一趟接受道別的旅行，跟深愛的人也跟過去道別。然後，有力量重新再開始。

人總要學會跟過去和解。

原來她不是來尋找些什麼，而是來收納些什麼的。那些傷心、眼淚，以及不甘心。

人總要學會收拾。

回到巴黎十一，時間已經接近中午，齊阿姨叮嚀著再檢查一下物品有沒有遺漏，她先去開車，十分鐘後樓下見。

回到房間時，葆蒔突然記起明信片尚未寄出，因此連忙詢問筱遙是否能幫忙，筱遙笑著說：「當然可以，幫客人寄明信片也是我們的業務範圍。」接著以臉頰輕碰了葆蒔兩側臉頰。

「下次要再來巴黎玩喔。」

簡單道別後，葆蒔一個人拉著行李箱下樓在門口等待。不久後，一輛銀色的豐田汽車滑到門口，車窗搖下，裡頭是齊阿姨。

「上車吧。」

幾乎跟來時一樣，葆蒔的行李並沒有增加多少重量，把箱子在後車廂放置好，葆蒔坐到了前座位置。

「還喜歡巴黎嗎？」車子駛在馬路上時，齊阿姨這樣問。

過幾天再回答我剛剛的問題好了。葆蒔突然想起辰崴當時說過的話，現在的她，是否終於比較有資格回答了呢？

「喜歡，跟想像中的一樣，但也不一樣。」葆蒔點了點頭。

對於她來說，對巴黎的情感主要是來自於季永，他是這座城市的起源與終點，而這趟旅行不過是過程的填補罷了。雖然知道一些景點的名稱，但對於這座城市並沒有過多的想像與設限，她所說的「跟想像中的一樣，但也不一樣」其實更多的層面是關於季永。但齊阿姨像是懂了她的意思似的，沒特別再多問。

「對了，昨天有找到賈欣絲嗎？那個女生？」

「沒有，」葆蒔搖了搖頭：「不過已經不重要了，能夠來巴黎真的太好了。」

「嗯，」齊阿姨先是點點頭，接著又說道：「不過五天實在太短了，下次再來玩，多待一點時間。」

「還有好多地方沒去，下次有機會想去看看凡爾賽宮。」

「記得先跟我說，我好幫你保留這間房。」齊阿姨像是記憶起什麼，突然發出了驚呼：「啊，我有跟你說那幅畫的事嗎？」

「畫？」葆蒔一臉疑惑。

「對、對，你房間牆上那幅藍色艾菲鐵塔與橘色的天空，顏色有點奇怪的那幅插畫。」

「我有注意到，那是負片效果，對嗎？」

「你馬上就看出來啦，好厲害。」齊阿姨有點驚訝地望了葆蒔一眼，隨即又趕緊別過頭看著前方道路，接著解釋：「那是季永畫的，他送給我的畢業禮物。明明是他畢業，卻送我禮物，這孩子真是的。」

齊阿姨的話讓葆蒔驚訝不已，原來第一天抵達時，筱遙說「特別為你保留這間房」，當時以為指的是景觀特別好的房間，但原來其實是這個意思。

這幾天，季永不過只是換了另一個方式在守護著她，這點葆蒔怎樣都想不到。

「下次選一個不那麼悲傷的季節來玩吧。」說這句話的時候，齊阿姨視線仍是直視著前方。

窗外的景色開始由古典轉換成現代大樓，原本的米黃色調也逐漸灰撲撲一片，然後是淡淡的綠色，就跟來時看到的景象相反，像是一種倒帶重播。

光線突然一陣暗，車子鑽進了屋簷下，戴高樂機場到了。齊阿姨把車駛進了停車場，並陪著葆蒔一起上樓，她堅持。

機場大廳人聲鼎沸，各式各樣的語言湧來，行色匆匆地經過；巨大的電子螢幕閃爍著航班資訊，眼花撩亂。無所適從，機場會讓葆蒔緊張，此時有個人陪在身旁讓她感到安心不少。

「四十一號櫃檯。」

當葆蒔還在螢幕上尋找登機櫃檯時，齊阿姨已經先找到了，並領著她往櫃檯方向前進。對於搭飛機與機場，顯然齊阿姨比她這個新手熟練許多。就連辦好登機手續後，也是齊阿姨帶著她前往登機口。若是沒有齊阿姨，光靠自己不知道會在這個偌大的機場裡迷路幾次。

「齊阿姨，這幾天真的很謝謝您。」抵達安檢的入口處時，葆蒔輕輕抱了齊阿姨道著謝。

不只是這幾天的照顧，也不只是因為陪著她到機場，還有更多關於季永的部分。此行雖然沒有找到賈欣絲，但她心裡的洞已經被填補起來了，那些原本缺乏著的，再也不會因為空缺而發出巨大的聲響了。

或許還是會有傷心與眼淚，但它們終於只是生活的一部分，而不再佔據著最多的空間。

「不用客氣，」齊阿姨拍了拍葆蒔的背，又說：「最後我還有樣東西要給你。」

「不用了，齊阿姨不用再特地給我禮物。」看到齊阿姨從包包拿出像是紙盒的物品，葆蒔連忙拒絕。

「是季永給你的。」齊阿姨一邊微笑，一邊把盒子遞到葆蒔的手上。

「季永……?!」

沉甸甸。葆蒔低頭看著手上的方形物品，白色的包裝紙上印著一顆顆的紅色寶石，工整地包裹住盒身，只覺得沉，但感受不出來是什麼東西。

葆蒔突然覺得手上一陣溫熱濕潤，才發現原來是自己哭了。她趕緊抹去淚水，抬起頭看著齊阿姨，此時的她有一堆問號。

「季永過世前有跟我聯絡，希望我在你旅行的最後一天，轉交這盒東西給你。」彷彿看出葆蒔的疑惑，齊阿姨緩緩地說：「你抵達巴黎的隔天我不是去了一趟郵局，就是為了領這個包裹。」

葆蒔記得筱遙當時有說過這件事。

「把它交給你，我的任務才算是完成了。」

葆蒔現在總算明白，為何齊阿姨今天要特地送自己到機場，也為何堅持要陪她上樓。

「我曾經在一本書上看過，一個人失去摯愛時，需要經過否認、生氣、討價還價、沮喪，最後才會走到接受，有時候過程會很漫長，也會有覺得自己再也無法痊癒的感覺，這些都是正常的。」齊阿姨眼神無比溫暖：「無論如何，都要相信自己還能夠再好起來。我也是這樣過來的。」

「齊阿姨謝謝您。」葆蒔再次擁抱了齊阿姨。

「真是的，謝什麼謝。快進去吧。」齊阿姨催促著，用手推了推葆蒔，要她快進去：「要是錯過登機時間就糟了。」

葆蒔點了點頭，手裡緊握著那只盒子，轉身準備進入安檢門。

「葆蒔，」進門前，齊阿姨突然又喊住了她：「要是找到賈欣絲了，記得跟我說。」

「好。」雖然賈欣絲是誰對她來說已經不重要了，但葆蒔仍是點點頭答應，揮了揮手跟著消失在門後。

整個安檢與出海關的過程，葆蒔的心都懸在盒內的物品上，連怎麼通過安檢的都不知道。她心思不斷轉呀轉地，猜測著裡面會是什麼東西，她從來都沒跟季永要過禮物，也沒有特別收集什麼物品的習慣，任憑想破頭都沒有頭緒。

一過了海關，葆蒔趕緊找了個座位坐下，拆開了禮物。

先是摸索著包裝紙找到了膠帶口，然後沿著摺紙的邊緣輕輕地勾著膠帶，像是擔心一不小心就會破碎般。拉起膠帶時，就著光影的變化，葆蒔看見了膠帶一角有個淺淺的漩渦紋路，意識到這是季永的指紋，於是小心翼翼保持完整。

打開包裝紙，裡頭果然有一個小盒子，上頭擺了一封信。

葆蒔心跳加速，她急促地抽出信紙展開，季永的字立即躍上眼簾。雖然字有點歪曲，但這是季永的字沒錯。葆蒔感到鼻頭有點酸楚滋味。

葆蒔：

當你看到這封信時，就表示你遵守了我們的約定來到巴黎，太好了。不能跟你一起去巴黎，我好傷心，也很生氣。但現在已經不氣了。

我只是怕你會一直傷心下去。

喜歡巴黎嗎？吃過道地法式鹹派了嗎？跟我們在杜樂麗吃過的像不像？冬天的巴黎天氣有種清澈的藍色，彷彿會被風吹走的色調，光禿禿的樹枝向上伸展，就像是要抓住天空一樣，你有發現嗎？在巴黎時，每每想念你時，我總會拍一張照片傳給你。

喜歡空中花園嗎？站在三樓高的地方散步看世界，是不是很特別？那裡是我在巴黎最喜歡的地方之一，觀光客很少，只要一有空我就會去那裡散步。對我來說，那裡不只是一處綠蔭步道，而是一座小宇宙，總是能讓我獲得平靜，我希望你也可以有同樣的感受。

人生總是會有一些遺憾，但不能總是在遺憾著。這是我最近的心得，生病的人能夠領悟大道理果然是真的。如果真要埋怨什麼的話，我絕對比大多數人都有資格，可是，與你在一起的兩年時間，是我這輩子最幸福的時候了。

我覺得所謂的「幸福」，其實不是要求更多，而是當下滿足的感受。

這兩年的時光裡，我從來都不覺得有什麼匱乏。

知道自己去不成巴黎之後，我特別聯繫了齊阿姨，請她幫我轉交東西給你，我想這是自己所能給你的最後的禮物了吧。

盒子裡頭有一百二十四封信，這是我在巴黎讀書的兩年時間裡寫給你的信，每個星期一封，其實沒有特別要寫什麼，大多只是在巴黎生活的瑣事，以及一些以前的回憶罷了。

我們很少聊學生時代的事，但其實我從第一眼看到你，當子浩叫你「紅寶石」，而你滿臉通紅時，就喜歡上你了。到了巴黎讀書之後，當子浩嬉鬧著問我喜歡的女生名字時，我想到了你的綽號，因此說出了Jacinthe這個名字。大多數人都知道這是「風信子」的意思，但它還有另一個比較少人知道的含義就是「紅寶石」，我想以子浩的法語程度應該不會發現這件事，所以才敢大方地說出來。

現在想想，那應該是我第一次對另一個人說出喜歡你的事。而當初沒有勇氣寄給你的信件，現在總算送到你的手裡了，遲了，但或許剛好。

我知道我的離開你一定會很傷心，但我卻安慰不了你，我的生氣一大部分是來自於此。我始終覺得自己應該在你身旁，我總是想要待在你的身旁。所以我很慶幸還好有這些信，它們可以代替我陪伴你，這樣想著，就讓我安心了不少。

所以，每當你想念我的時候，可以打開一封信，像是我還在你身邊一樣。這兩年份的想念，那時候沒有發揮作用，但現在至少可以為你、也為我做點什麼了。

或許它們也可以陪伴你兩年的時間，然後，你會漸漸不再傷心、不再那麼常記起我了，你若能夠開心著，為此我總是會感到無比開心。

你要讓自己幸福，記得要吃飯、偶爾可以哭泣，但不要放棄。我始終都會掛念著這件事。答應我，你會記得對自己好。

能夠遇見你，真的是太好了。
至今，我仍然感激著這件事。

季永

葆莳的手指不斷顫抖著，讀完整封信，內心像是有什麼東西湧了出來，溫熱的、濕潤的。她趕緊打開紙盒，裡頭有成疊的信用繩子捆了起來，信封上寫著：

To Jacinthe。

突然視線模糊，葆莳抱著盒子啜泣了起來。

什麼完成兩個人的心願其實都是假的，真實的情況是季永不要她從此無法前進，他用了自己的方式幫助她能繼續往前走。這是季永對自己最後的溫柔。

當時季永堅持不取消行程，葆莳不明白為什麼，她所認識的季永並不是一個固執無法溝通的人，現在回想起來，是否季永早已知道自己來日不長了呢？季永向來都是個聰明的人，他什麼都知道。

甚至是看準了在自己過世後，葆蒔一定不會有來巴黎的打算，不是這次，而是以後都會刻意避開這座城市，這城市會變成她一輩子避之唯恐不及的地方。

兩年分的想念，其實是兩年分的祝福，這是季永的溫柔。

「往台北的旅客，現在開始登機。」耳朵傳來廣播聲音。

葆蒔抬起頭，淚眼看著外頭藍天，白色的飛機機翼正在陽光下閃耀著光芒，空氣中有種潔淨透明的感受。

能夠遇見你，真是太好了。

國家圖書館出版品預行編目資料

你在左邊放了一句再見 / 肆一作 . -- 臺北市 :
三采文化 , 2020.07
面 ; 公分 . -- (iREAD ; 127)
ISBN 978-957-658-373-5 (平裝)

863.57 109007919

suncolor 三采文化集團

iREAD 127

你在左邊放了一句再見

作者|肆一　封面繪者|黃柏勳
副總編輯|王曉雯　執行編輯|徐敬雅　校對|黃薇霓
美術主編|藍秀婷　封面設計|藍秀婷　版型設計|藍秀婷　內頁排版|新鑫電腦
行銷經理|張育珊　行銷企劃|呂佳玲

發行人|張輝明　總編輯|曾雅青　發行所|三采文化股份有限公司
地址|台北市內湖區瑞光路 513 巷 33 號 8 樓
傳訊|TEL:8797-1234　FAX:8797-1688　網址|www.suncolor.com.tw
郵政劃撥|帳號：14319060　戶名：三采文化股份有限公司
本版發行|2020 年 7 月 31 日　定價|NT$360

Au revoir, Paris.